桃色ちょうちん物語

◆◆◆

津村しおり

Shiori Tsumura

紅文庫

目次

装幀　遠藤智子

桃色ちょうちん物語

第一章　紺のワンピース

1

ガラガラッと音をたてて、引き戸が開いた。

しこみのあと片づけをしていた村木《むらき》兆司《ちょうじ》は目をあげた。

扉の内側にかけていた暖簾《のれん》をめくり、なおみが顔を出した。

「どーも、兆司さん」

ピンクの傘をさした彼女は、膝丈《ひざたけ》の袖《そで》なしワンピースを着ていた。豊かな胸もとときゅっと締まったウエストを強調するデザインで、今日もよく似合っている。

なおみは肌寒いのか、肩からカーディガンを羽織っていた。

「今日はいやな天気ねえ。湿気で体が重たいわ」

なおみは、やや垂れたアーモンド形の目を物憂げに伏せた。

ゆるやかにカールした髪の先を左の人さし指でからめて、もてあそんでいる。

年は三十歳。柔らかい雰囲気のせいか、五歳は若く見える。

しかし、スナックのママとして店にいるときは、そこに貫禄が加わるのだ。

女は不思議だ、と兆司はつくづく思う。

今年で三十五になる自分のくたびれようとは大違いだ。

「しこみ、終わった？　いつものやつ、お願いしたいんだわ」

兆司は調理台に除菌スプレーをかけて、台布巾《だいぶきん》で拭《ふ》いた。

今日は雨。しかも平日なので、客足もよくないだろう。

そう考え、いつもより食材を少なめにしたので、しこみは早く済んだ。

「ああ」

兆司は前掛けをはずして、カウンターの椅子《いす》にかける。

なおみは、すでにスナック千秋《ちあき》へと向かっていた。

雨のなか、ピンクの傘の下で、白いワンピースに包まれたヒップが揺れている。

兆司は店の鍵《かぎ》を閉め、彼女のあとに続いた。

スナック千秋のドアは木製で、目の高さにダイヤ形の窓がついている年代ものである。そのドアを開けると、煙草《たばこ》や香水のにおいが湿気とともに押しよせた。

「雨のせいか、調子が出ないわ。兆司さん、今日はいい感じにあっためて。仕事の前に燃えておかないと、売上に響くっしょ」

なおみがティッシュで口紅をぬぐった。兆司の体や服に口紅を残さないための心づかいだ。口紅をとっても、口もとからは匂うような色気が漂っていた。

「今日はどこで」

「そこのボックスで」

なおみが右手のボックス席を指さした。

スナック千秋の店内には、入口正面にカウンターがあり、その右手にボックス席が四つ、反対側にもボックス席が三つある。

左手のボックスの隣には小さなステージとカラオケ機材が置いてあった。

「女の最高の化粧は色気だからね。派手によろしく」

なおみがバスタオルをボックス席のソファーに広げるためにかがむ。

派手の意味は、自分が派手に濡れるほど感じたい、ということだ。

なおみが身を起こしたところで、兆司が背後から彼女の腰に手をまわした。

「脱ぐかい」

上品な香水の匂いが兆司の鼻をくすぐる。

「服のままでお願い」

兆司はなおみの髪をよけ、首すじに唇を落とした。

そうしながら、襟もとから手を入れて左の乳房を揉《も》み、右手ではワンピースの裾《すそ》をまくりあげる。

ガーターベルトに包まれた白い太股《ふともも》が露《あらわ》になった。

水仕事でザラついた指が、なめらかな肌の上を滑る。

「んん……その感触、好き」

なおみが手をうしろにまわして、兆司の頭を片手で抱く。

太股の上へ手を動かしていくと、指先がレースの下着に触れた。

秘所を下着の上からまさぐると、そこはもう潤んでいた。

「男とエッチしたときの匂いも、商売に使えるからさ……香水と混ざって、客がその気になるの」

「客が妬《や》くだろ」

「わかってないねえ。妬かれるぐらいがちょうどいいの」

兆司のこわい髪の毛の間に細指が入り、かき乱される。

店に戻ったら、櫛《くし》で直さなければいけないな、と兆司は思った。

レースの隙間《すきま》から女の蜜が溢《あふ》れ、指を濡らす。

「あん……」

　兆司が下着のクロッチをよけて中指を女唇に挿《い》れると、なおみが声をあげた。

「ズブ濡れだ」

「雨の日は家《うち》にいる時間が長いからさ、兆司さんとの、スケベなことばっかり考えちゃうの。兆司さんが上手だから」

「そうかい」

「つれないねえ。もうちょっと話につき合ってもいいじゃない」

　兆司は指を抜き挿しして、蜜肉をくすぐった。

「あんっ、あんっ、指、上手っ」

　ほぼ毎日こうしているというのに、なおみが兆司に飽きることはない。

　兆司からすると、普通に愛撫《あいぶ》しているだけなのだが、水仕事でザラついた指が肉壁を撫《な》でる感触がいらしく、指でくすぐられるだけで濡れが激しくなる。

「たまんないわ……私も食べたい」

　湿気をはらんだ重い空気をセックスでふり払いたいのか、今日のなおみはいつもより積極的だ。

　兆司の前で床に膝をつき、好色そうに目を細める。長いつけ爪《づめ》で飾られた指をあやつって兆司のベルトをはずし、ペニスをむき出しにした。

肉感的な唇が開き、兆司の分身をくるむ。

「んふっ……むっ……ジュッ、ジュッ……」

フェラチオの快感で尿道口から先走り汁がどっと出た。なおみは強弱をつけながら唇で肉幹の根元を刺激しつつ、前後に頭を動かした。

頬《ほお》をへこませてフェラする姿も蠱惑《こわく》的で、それも兆司の快感となる。

「さすがだ」

思わず呟《つぶや》くほどの、巧みなフェラチオだ。

(客が少なそうな日だからか、ゲン担ぎか)

なおみが顔をふりながらペニスを喉奥まで咥《くわ》え、そして頭を引いて亀頭までしごく。絶妙な力加減に、射精欲が高まってくる。

「今日は二発しましょうよ。お口で一発。中で一発」

亀頭から口を放したなおみが、手で肉の竿《さお》を愛撫しながら囁《ささや》く。

細い指が動くたび、先走り汁と唾液が男根でクチュクチュと音をたてた。

兆司が答えないでいるのを、了解だと受けとったなおみが肉幹を唇でくるんだ。

「おお……」

唇での肉竿への愛撫に加えて、陰嚢《いんのう》を指でくすぐられ、声が漏れる。

ハードな口淫《こういん》と、宝袋へのソフトなマッサージのコントラストが雄の欲望をたぎらせた。

「はむ……むううん……」

ジュボジュボと音をたてながら、速いピッチでなおみの頭が動いた。

兆司の鼻先を、淫水の匂いがくすぐる。

目を下に向けると、なおみは片膝を立てて己の指で秘所をいじっていた。

「んふ、いい……いい……ジュボ……チュ……」

なおみのひとり遊びは熱を帯びていた。

片膝を立てているので、レースの下着の脇から、濃い草叢《くさむら》と色づいた肉ビラが見えている。それが目に入ったとたん、肉棒が強く反応した。

「むううう……おおひくはったぁ……」

なおみのつぶやきとともに、吐息が亀頭に触れた。それがまた性感をあおり、反りがきつくなる。

陰嚢へのマッサージと、口淫のテンポがあがり、兆司も限界が近くなっていた。

「いくぞ……」

兆司はなおみの後頭部に手をそっと置いた。

そして、腰をゆっくり前後に動かす。

主導権を兆司に握られたなおみは、うれしそうだ。

「はう……うんっ……チュルジュジュ……」

なおみの口から、いやらしい音がたった。蜜壺からのピチャピチャという音も混ざり、兆司の鼓膜を刺激する。

抜き挿しのテンポがあがる。なおみが裏スジを舌でくすぐり、決壊を誘う。

「……出る」

熟練の口淫に耐えられず、兆司は欲望を解き放った。

ドクッ、ドクッと脈動しながら、男根がなおみの口内で跳ねる。

「むふ……むう……ジュルルルッ」

下品な音をわざとたてながら、なおみが一滴も残すまいと精液を吸った。そして、喉を鳴らして飲む。

放出を止めた男根をフルートを吹くように舌で清めると、彼女は唇を離した。

「まだいけるわよね」

なおみが潤んだ瞳を兆司に向けた。

兆司はかがむと、なおみの腋《わき》の下に手を入れ、体を起こさせる。

そして、ボックス席のテーブルに手をつかせた。

「やん……ソファーにバスタオルを敷いたのに」

なおみは口ではそう言っているが、いやがっているそぶりはない。

兆司は、スカートの裾をまくりあげ、ボリュームのあるヒップをむき出しにした。なおみはいつも、ガーターベルトだ。

彼女がゲン担ぎと呼ぶ兆司とのセックスをすぐにできるように、ショーツを脱がせやすいガーターベルトにしているのだ。兆司は、ショーツを膝まで下ろした。

「やぁんっ」

ショーツのために足を広げられなくなり、なおみは膝をくっつけるようにして、尻を突き出すポーズになった。

彼女は窮屈そうだが、兆司からするとよい眺めだ。

ムチッとした白桃がこちらに突き出され、絶景だ。

兆司は人さし指を口で湿らせてから、桃尻の谷間に挿れた。

「はおお……」

蜜肉は口淫しながらの指遊びでたっぷり濡れている。

女壺はトロトロの蜜汁でいっぱいだった。兆司が指を軽く抜き挿ししただけで、チャプチャプと淫靡《いんび》な水音がたつ。

「あうっ……おう……」

なおみは軽い指の愛撫に強く反応した。

上半身を支えていた肘《ひじ》の力がゆるみ、自然と顔を天板につける姿勢となった。

膣肉はすっかりほぐれていて、男根を迎え入れたがっている。

兆司は指を引きぬいて、蜜口に己の分身をあてがった。

「来て……」

なおみが兆司をふり向いて、囁く。

兆司は、亀頭をなおみの中に突き入れた。

ニュチュッと、いやらしい蜜の音が秘所から放たれる。

「あう……いい、いいわぁっ」

兆司は豊臀《ほうでん》を両手で抱え、ゆるやかなピストンをはじめた。

なおみの肉壁が男根を心地よくくるんで、痺《しび》れるような愉悦をもたらす。

律動のたび、襞《ひだ》がヒクヒクと蠢《うごめ》き、ペニスを咥えてきた。

「もっと、もっと強く……」

兆司はその言葉を聞いても、テンポを変えない。

なおみが物足りないと思うくらいに、スローな動きにしている。

しかし、この動きが渇望をかきたてるのか、なおみの秘所は大洪水となっていた。蜜口から滴った愛液が、太股を伝う。

律動のたびに弾《はじ》ける淫水の音は、粘っこくなっていた。

「いじわるしないでぇ……ねえ……」

テーブルの天板になおみが爪を立てた。

物足りなさは指だけでなく、蜜肉にも表れていた。

蜜壺がグイグイと男根にからみつき、もっと強い悦楽を求めている。

ようやく、兆司は強く腰を送った。

豊満なヒップと兆司の腰がぶつかり、パアンッと肉鼓の音を放つ。

「あひっ、あん、あんっ、い、いいっ」

なおみがテーブルに顔をつけたまま喘《あえ》ぐ。

兆司はピストンのピッチをあげた。店内に濡れた音が響きわたる。

なおみの白臀も兆司のリズムに合わせて揺れていた。

「奥に来てるっ。そうっ、もっと突いてっ」

快感で下りてきた子宮口が亀頭にあたる。

兆司は、そこに狙《ねら》いを定めて、大きなストロークで抜き挿しを繰り返した。

「はひっ、ひっ、燃える、燃えちゃう」

なおみはワンピースの胸もとをくつろげて、ブラジャーの中に指を這《は》わせていた。兆司も、なおみの手に手を重ねて、とがった乳首をつまむ。

「あうううんっ、いいわっ、もっとしてっ」

兆司は突きのタイミングと指先に力をこめるタイミングを少しずらした。

内奥を強く突いたあとに、指先に力をこめて乳首を薄くなるほど強くつまむ。

少し時間差をつけたほうが快感を深く味わえると、なおみに教えられたのだ。

「いい、痛いの、痛いのが好きっ」

女房相手に、こんなプレイをしたことはなかった。

こんなふうに触れたら、怒って夫婦の営みを拒んだだろう。

女房に触れるときの兆司は、もっと優しく、穏やかだった。

なおみは、どう触れてほしいか指示を出してくれる。

強くつまんでほしい、突いてほしい——。

女は女房となおみしか知らない。女により、肌の質感も、ぬくもりも、求めるものも、こんなにも違うとは思わなかった。

「あああ……タフだわ……ラガーマンはタフだわ。すごいわ」

ラグビーをしていたのは昔の話だが、なおみはことあるごとにこの話を持ち出してくる。

「グイグイ来るのぉ……ああ、ああんっ」

蜜壺が収縮し、男のエキスを求めている。

男根を肉壁がギュンギュン絞る快感に、音《ね》をあげてしまいそうだ。

背すじに走る終わりへの予感に抗《あらが》うように、兆司はピッチをあげていく。

「いい、いい、いいの、フィニッシュは正常位にしてぇっ」

なおみの要求に応《こた》え、兆司はペニスを引きぬいた。そして彼女の体をソファーに横たえると、仰《あお》むけにして正常位で繋《つな》がる。

兆司の切っ先は女壺の奥深くを突いた。

「あおおおおうっ」

あごをうわむけ、なおみが叫んだ。

兆司は腰に手を添え、射精に向けたラッシュを繰り出す。

グチュグチュチュッチュッ……。

店内には女壺の放つ淫靡な水音と、男女の荒い吐息が響く。

「あうう、うう、いい、いいっ」

ワンピースの胸もとからは、むき出しになった紫のブラジャーと、それに包まれた乳房が揺れているのが見える。

なおみの胸の谷間から首すじ、そして相貌《そうぼう》にしっとりと汗が浮いている。

「イク、イクッ……中に出してぇ」

兆司も限界が近い。さらにピッチをあげ、女壺を激しく揺すぶった。

背すじを汗が伝い、尻から太股に鳥肌が立つ。

「も、もうイクッ……イクーッ」

絶頂の声とともに、膣肉がギリッと締まった。

なおみが弓なりに反り、体を震わせる。

「出る……おお……」

亀頭がドクッと跳ね、兆司は熱い欲望を蜜壺に吐き出した。

勢いよく出た白濁液を、なおみは痙攣《けいれん》しながら受けとめた。

少し余韻に浸ってから、なおみは動き出した。

トイレで歯磨きをして、カウンターで化粧を整える。

兆司は髪を整え、カウンターで烏龍茶《ウーロンちゃ》を飲んだ。

それがふたりのルーティンだ。

「早くいい人、作りなさいよ」

なおみはカウンターに鏡を置いて、マスカラを塗りなおしていた。

「考えておくよ」

「兆司さんにいい人できたなら、このゲン担ぎはほかの人にお願いするからさ。でもねえ、後釜を探すのが大変だわ。兆司さんみたいに、寝ても俺の女だって態度とらない男って案外少ないのよ。体力があって面倒のない男、どこかに落ちてないかしらね」

「どこかにいるだろう」

兆司の返事に、なおみがため息をつく。

「口が達者じゃないのに、居酒屋やれているんだから、ホント驚くわ。これから同伴だけど、丸谷《まるたに》倉庫の社長は同伴しただけで、なんかあるかもなんて期待するのよね。参っちゃうわ」

「そういう商売じゃないか。がんばれよ」

なおみはカウンターから身を乗り出して、兆司を見た。

「でも、兆司さんは違うでしょ。セックスフレンドとして、それ以上を絶対求めない。最高の相手なのよね。顔は十人なみだけど」

褒められているのか、けなされているのかわからない。

だが、その率直さがなおみらしくて、兆司は苦笑した。

「帰るよ」

「明日もよろしくね」

なおみが口紅を塗りながら言った。

2

「マスター、ハイボール、おかわりください」

カウンターに座る田代美春《たしろみはる》が、空になったグラスを兆司に手渡した。

美春は二十一歳。ショートボブに、大きな黒目のすっきりした顔立ちの大学生だ。今日は白いブラウスにデニムのタイトスカート姿だ。ブラウスのボタンを三つほど開けており、そこから色白の肌と、胸の谷間が見えている。

十月ともなると函館《はこだて》の夜風は冷たい。兆司は寒そうだと思った。

「はい、ハイボール、おかわりね」

兆司が受けとる。

「マスター、おしんこ」

「先輩、ポテサラ、お願いします」

「先輩、俺にハツください」

カウンターからの声に、返事をしながら注文を伝票に書きつける。

グラスに氷を入れ、マドラーで数回混ぜる。それから、ウイスキーを注《つ》いでまた混ぜる。この手間でハイボールはうまくなる。炭酸水を入れて仕上げる。

できあがったハイボールを美春に手渡した。

「マスターのところのハイボール、居酒屋の味じゃないですよね」

美春がひとくち飲んで、感心したように言う。

「ありがとうございます」

兆司は凝り性だ。いい酒をおいしく飲んでほしい。

だから、ハイボールが流行《はや》ると商店街の知り合いのバーテンに頼んで、ハイボールの入れかたを教わった。

何ごともそうだが、簡単なのがいちばん難しい。

だから、基礎を学ぶのはいまでもやめられないのだ。

居酒屋銀《ぎん》のカウンターには、頬を酒で上気させた常連たちが座っていた。

兆司の目の前に美春が座り、その右隣にはスナック千秋に行く前に喉を湿らせに来た森《もり》さん。美春の左隣には兆司の高校時代の後輩、三上秀樹《みかみひでき》と杉山俊則《すぎやまとしのり》のコンビが座っている。

銀は、カウンターが六席、四人がけのテーブルがふたつの小さな店で、五稜郭《ごりょうかく》からほど近い飲み屋街にある。

このあたりは、観光客も地元の住民も足を運ぶエリアだ。駅前は観光客が見こめて大きく稼げるが、逆を言えば観光客に左右される。

しかし、このエリアでは腕がものを言う。地元民の舌を納得させれば、口下手な兆司でもやっていけるのだ。

ありがたいことに、居酒屋銀は先代からの常連と、兆司が跡を継いでからの常連で、いつも賑《にぎ》わっていた。

「マスター、ひとりじゃ大変じゃないですか。私でよければバイトしますよ」

美春が声をかける。

「家庭教師をしているんなら、そちらのほうがいい稼ぎになるでしょう。居酒屋は立ち仕事で大変ですよ」

漬物を器に盛りつけながら、兆司が答えた。

「お金の問題じゃなくて、マスターが大変そうだからですよ。それに教師も立ち仕事だから、立ち仕事に慣れたいし」

美春は、理由をつけてはカウンターに入りたがる。しかし、ここは兆司にとって聖域だというのは、常連の間で暗黙の了解となっていた。

「美春さんは来年からは小学校の先生だもんなあ。早いもんだよ。大学四年間なんてあっという間だね」

そう言った秀樹が、焼酎《しょうちゅう》のレモン割りを口に運んだ。

「ねえ、マスター、どうです。私、体力ありますよ」

美春が身を乗り出す。

「ありがとうございます。でも、大丈夫です」

秀樹と俊則が、目配せするのが視界に入った。

それから、ふたりの視線が兆司の背後にある、焼酎が並んだ棚へと向けられる。

そこには、女房の遺影が置いてあった。

女房――妻の結子《ゆうこ》は、不慮の事故で帰らぬ人となった。

あれからもう五年も経《た》つのか、と兆司は思った。

亡くなったのは、ちょうどいまごろだ。

雨の日、紺のワンピースを着て、結子は出かけた。

――お釣が足りないから、くだいてくるね。

開店前に釣銭が足りないのがわかり、銀行に両替に出かけたのだ。

その途中、歩道に突っこんできた車にはねられた。それも、交差点で衝突した車が運悪く結子のほうへ来るという避けにくい事故だった。

結子は、釣銭を交換しに行ったために死んだ。

たかだか釣銭のために、女房を死なせてしまった。

兆司の時間は、そこから止まったままだ。

カウンター内は女房の場所だ。だから、ほかの人間を入れる気にはなれない。

おしんこを森に手渡すと、次は朝しこんでおいたポテトサラダを器に入れる。

北海道産のジャガイモで作ったポテトサラダに、明太子《めんたいこ》を少し混ぜて和風の味つけにした居酒屋銀の人気メニューだ。

「はいよ」

ポテトサラダを秀樹に出す。それから、ハツを焼きにかかった。

炭火が赤く燃えている焼き台にハツを乗せたところで、戸が開く音がした。

秋風が甘い匂いを運んでくる。女性客だな、と兆司は思った。

「らっしゃい」

兆司は顔をあげると固まった。

その様子を見た秀樹と俊則も入口を見て、一瞬目をまるくした。

紺のワンピースを着た女が、入口に立っていたのだ。年のころは三十くらいか。

「ひとりですけど、入れますか」

「空いている席にどうぞ」

秀樹が、言葉を失った兆司の代わりに席を勧めた。

「じゃ、カウンターで」

女は、森の隣に座った。

「飲みものは」

ようやく兆司の口が動いた。声がかすれている。

雨の日、紺のワンピース。

妻が帰ってきたのかと思ったのだ。

髪型も、着ているものも、女房――結子のものによく似ている。

女はカウンターに置いてあるメニュー表に目を落としながら、

「生中、ください」

と言った。

返事をして、兆司はビールサーバーに向かった。

兆司はチラッと女を見た。

黒目がちで、すっきりした目もとと鼻すじ、形のよいあごの持ち主だ。

背中まである長い髪には艶《つや》がある。胸は大きく、ワンピースの胸もとが大きく盛りあがっている。

(結子はそれほど胸は大きくなかったな……)

少し似ているだけで、別人だ。

女のほうには、結子にはない華やかさがある。それでいて、どこか寂しげな眼《まな》差《ざ》しが結子との違いをさらにきわだたせていた。

兆司は女房との違いを見つけて心のどこかでほっとし、そして落胆もした。

「マスター、泡」

秀樹が声をかける。そこで兆司はハッとした。

生ビールをジョッキに注いだあと、レバーを倒して泡を出すのだが、つい女のことを考えてしまい、泡を出しすぎてしまった。

ジョッキから溢れた泡を、布巾で拭いた。

「はい、生」

声に震えはなかったが、いつもの調子ではない。

常連たちはそのことに気づいているだろうな、と兆司は思った。

「おしぼり、熱いのと冷たいのありますが、どちらにします」

今度は俊則が兆司の代わりに女にたずねた。

兆司が忙しいときに、常連がほかの客に声をかけてくれるので助かっている。

いまは忙しくないのだが、兆司の動揺に気づいた後輩たちが、それとなく手伝っている。

「おしぼり、あたたかいのと冷たいのがあるんですか」

女の口もとがゆるむ。

「この店、客の好みに合わせたおしぼりを出してくれるんですよ」

いつもは口数の少ない俊則が、やけに大きな声で言った。

女は、美しかった。

惚《ほ》れっぽい俊則は、ひと目でくらっと来たようだ。

それに気づいた秀樹は、あきれ顔だ。

「肌寒いので、あたたかいのをください」

「兆司さん、熱しぼ」

俊則が声を張りあげる。気があるのが兆司にまでわかって、こちらまで恥ずかしくなるほどだ。

だが、俊則の浮ついた態度のおかげで、心と体がほぐれた。凍りついていた体がいつもどおりに動く。

「はい、熱しぼ一丁」

注文を声に出して繰り返し、調子をとり戻そうとする。

保温器からおしぼりをとり出し、女に手渡した。

「ありがとうございます」

兆司は目を見られず、女の口もとを見ていた。

口紅は落ちついたピンク色で、女の白い肌に似合っていた。

(唇の形も、結子に似ている)

気づけば、女と結子の共通点を探している。

頭を切りかえて、小鉢にお通しを盛った。

今日はイカが多めの自家製松前漬《まつまえづ》けだ。

カウンターにお通しを置いたとき、声をかけられた。

「氷下魚《こまい》、あぶってもらえますか」

女は壁にかけてある黒板を見ていた。

黒板には今日のおすすめが書いてある。

女は刺身や一品料理が並ぶなか、氷下魚の一夜干しに目を止めたようだ。

「はい、氷下魚ね」

この氷下魚は、友人の尾形《おがた》から分けてもらったものだ。

イカに混じって気の早い氷下魚がたくさん釣れたので、一夜干しにしてくれと頼まれていた。

「おととい獲《と》れた氷下魚の一夜干しだから、うまいですよ」

俊則がうわずった声で解説する。

「そうなんですか。楽しみです」

女がふわっと微笑《ほほえ》む。

俊則の鼻の下が伸びる。美春まであきれ顔をする。

彼の浮ついた態度がわからないでもない。

女が放つ清らかな色気は男心をくすぐるものだ。

声も男好きのする声で、どこか夜の匂いがした。

本人は努めて隠そうとしているが、長年夜の仕事をしていたのか、口調には甘さとほんのり媚《こび》がにじんでいた。

兆司は焼き台の隅に、氷下魚を置いた。

隅は魚を焼くためのコーナーにしている。

串焼《くしや》きと同じ場所に置くと、肉の脂のにおいが魚にもついてしまうからだ。

「松前漬け、おいしいです」

女が目を見開いて小鉢を見つめている。

「お姉さん、北海道ははじめてかい」

森が女にたずねた。

「いえ、しばらくぶりに来たんです。やっぱり北海道は魚介がおいしいですね」

「そうだろ。日本のいろんなところで北海道の魚やイカが食べられるが、獲れたてには敵《かな》わねえさ」

森はおしんこを二、三枚食べてから、熱燗《あつかん》の入っていた杯《さかづき》を空けた。

「マスター、おあいそ」

「はい」

先代から使っている古いレジに金額を打ちこみ、森に告げる。

「今日、なおみちゃんところは混んでるかね」

「大丈夫じゃないですか」

「じゃあ、ゆっくり歌えそうだ」

森は支払いを終え、セカンドバッグを脇に挟むと、恰幅《かっぷく》のいい体を揺らしながら、スナック千秋に向かった。

「千秋をカラオケボックスがわりってのもすごいよな」

秀樹がぽつりと言った。

スナック千秋は地元では割高な部類に入る。

もちろん高級クラブと比べれば安いが、カラオケボックスがわりに利用するにはいい値段だ。

しかし、千秋のママであるなおみの魅力、店にいる女の子の質の高さ、そして函館一の音響とうたっているカラオケ機器が客をとらえていた。

客も漁協のお偉方や冷凍倉庫のオーナー、地元工場の社長と商工会のメンバーが多く、商いの情報交換の場にもなっており、その意味でも人気の店だ。

「森さんは老後を楽しむために、若いころから働いたんでしょう。楽しみがあるっていいですよね」

美春が森が出ていった方向をチラッと見た。

「一代で工場起こして、いまは孫も分社の社長だ。森さんところは安泰だよなあ。そんな老後、俺も送ってみたいよ。こっちは貧乏暇なしだ」

秀樹は土建会社の跡取り息子だ。

貧乏暇なし、が口癖で、道内の現場を忙《せわ》しなく移動して、現場監督をしている。いまは親が元気だが、親に何かあったら秀樹が二代目となる。

その責を負えるのか、まだ自信がないのだろう。

「大丈夫だろ。奥さんもいてさ、子どももいるから踏んばれるんじゃないか」

「俊よぉ、公務員のおまえには俺の苦労はわからねえだろうなあ。楽じゃねえよ、このご時世に事業やってるのはさ」

北海道の土建会社は、冬の除雪作業を行政から請け負っている。それで工事の少ない冬場の収入をまかなっているのだが、近年は毎年同じように降るとは限らない。降雪量の少ない年、秀樹の会社は綱渡りだったとあとに聞いた。

「そんなことないって。俺だって農家さんと話す機会が多いからさ、大変なのはわかるよ」

俊則は市役所の農業振興課に勤めている公務員だ。

「それより俺は、カノジョがほしいよ」

美春が、また始まった、という顔をした。

秀樹と俊則はともに三十四で、兆司のひとつ下だ。

俊則は女とつき合っても都合よく利用されて、結婚に至らないパターンを繰り返している。惚れっぽいが、女を見る目がないのだ。

それなのに結婚願望は強く、酔いがまわるとこの話になる。

「美春ちゃん、将来のことは早いうちから考えて行動するんだよ。仕事もさ、恋愛もさ。相手はさ、ちゃんとね、ちゃんと見ないとダメなの」

俊則が美春に声をかける。

秀樹が恋愛を語る俊則を見て、笑いを嚙《か》み殺している。

「考えてますよ。だから、手堅い教師になるんですよ」

「公務員だもんなあ。田舎じゃ公務員がいちばんだよ」

秀樹がうなずいた。

兆司が焼けたハツを俊則に手渡したところで、また引き戸が開いた。

「らっしゃい」

猪首《いくび》の大柄な男が入ってきた。

「おう」

親友の尾形だった。

尾形は兆司の同級生で、高校では三年間ラグビーでともに汗を流した。尾形と兆司はフォワードを務め、尾形はフッカー、兆司はナンバーエイトだった。

重戦車のような体格の尾形はスクラムの中心を務め、兆司はフォワードに指示を出して攻撃の要となった。尾形と兆司はアイコンタクトだけで作戦の意図を伝え合えるいいコンビで、クラスでも部活動でも長く時間を過ごした。

秀樹と俊則もラグビー部の後輩だ。体力のある秀樹は攻守で走りまわる左フランカー、小柄ながら機敏に動ける俊則はスクラムハーフだった。

兆司が三年のとき、花園《はなぞの》を目指せるほどチームに勢いがあったが、夢は叶《かな》わなかった。しかし、そのときのチームメートとはいまでも交流が続いている。

「公務員が最高だって話か。俺もそう思う」

森が帰ったあと、そのままだった席に座ると、尾形は慣れた手つきで洗いものを兆司に手渡した。

「マスター、つめしぼで」

親友だから兆司を呼び捨てでもいいのだが、尾形はカウンター内に兆司が入っているときは、必ずマスターと呼んだ。自分のまねをして客が兆司を名前で呼び捨てにしたら、示しがつかないだろうという心配りだ。

兆司が冷たいおしぼりを手渡すと、尾形はうれしそうな顔をした。

「この寒いのに、つめしぼですか」

秀樹が驚いた。

「道場で小指ひねっちまってよ。柔道で県の大会に出るやつがいるから、久々に相手したらこれだ」

小指と呼ぶには太い指に冷たいおしぼりを乗せると、尾形が満足げな息を漏らした。

「痛むのなら、酒はやめるかい」

「いや、こういうときこそ、生ビールがいいんだよ。さっぱりして帰りたい。あと、氷下魚が食べたいな」

兆司は返事をして、生ビールをさし出した。

女が頼んだ氷下魚が食べごろになった。

マヨネーズを小皿に入れて、焼きあがった魚の隣に添えた。淡泊な味なので、マヨネーズをつけてもうまい。マヨネーズに七味唐辛子を軽くあしらった。こうすると見栄えもよくなるし、味もつまみむけになる。

兆司は皿を女に手渡した。

「氷下魚一丁、どうぞ。味はついていますが、お好みでマヨネーズをつけてください」

「ありがとうございます」

手渡したとき、女と兆司の指先が触れた。

心臓が大きく跳ねた。

女はよほど氷下魚を待っていたようで、うれしそうに皿を受けとった。

氷下魚をすぐに手に取って、口に運んだ。

「熱っ……おいしい」

女が顔をほころばせる。頭としっぽに手を添えて食べた。箸《はし》でつかめない大きさではないが、氷下魚は手づかみで食べるのがいちばんうまい。

「うん、おいしい」

ふたくちめを食べたあと、自分に言い聞かせるように言っていた。

女の表情も変わった。

それまでは、夜の女が持つ、親しみやすさと近寄りがたさが同居した表情だったのが、その仮面がとれ、柔らかな表情になっている。

優しさと、あたたかさに溢れた瞳だ。

――結子。

また、死んだ女房が帰ってきたような感覚がやってきた。

兆司を見つめるときの眼差し、そして瞳にこもったあたたかさ――。

いや、違う。女が微笑んだのは、氷下魚に向けてだ。

何を錯覚してるんだと、兆司は己の浮ついた心をいましめた。

女が来てから、調子が変だ。

止まっていた時計が動き出したような、そんな気がしている。

「マスター、俺も氷下魚」

秀樹と俊則が注文する。

「はい、氷下魚二丁ね」

女の食べっぷりに、食欲をそそられたようだ。

尾形は生ビールを飲みながら、美春と談笑している。

しかし、ふたりが女に関心を持っているのを兆司は感じていた。

尾形も、女が結子に似ていると気づいたようだ。

美春は女と兆司を見くらべている。

(何も変わったことはない……結子に似ていて驚いただけだ)

烏龍茶で喉を湿らせ、兆司は焼き台に向かった。

3

美春が帰り、女と俊則、秀樹、尾形が残った。

(そういえば、美春さんはちょっと不満そうだったな)

美春が、ほかの女性客を意識するのは珍しい。

居酒屋銀にはなおみも、ほかの女性常連客も来る。観光客がふらりと入ってくることもある。しかし、いままで美春が不満そうにしたことはなかった。

「お酒もおつまみもおいしい。地元に帰ってきたって気がします」

「よかったです」

そう言ってから、兆司は烏龍茶を飲んだ。今日はやたらと喉が渇く。

女は兆司の料理が気に入ったらしく、次々と頼んだ。

とうぜん、酒も進む。

女は、ビールから熱燗へと変えた。女は小樽《おたる》にある酒造メーカーの酒があるかと聞いたが、あいにくそれは置いていなかった。

北海道で人気の日本酒、国士無双《こくしむそう》をすすめるとうなずいた。

杯を傾けるうちに、女の頬が赤らんできた。さらに雰囲気が柔らかくなる。

話しかけやすくなったと思った秀樹が名前を聞いた。

「三池《みいけ》です。下の名前は螢《ほたる》です」

「螢さんか。名前と雰囲気がしっくりきてますよ」

俊則が前のめりで言った。

尾形が顔をしかめた。

俊則は悪いやつではないのだが、好みの女が来ると押しが強くなる。

その結果、気持ち悪く思われてしまう、というパターンを繰り返していた。

「ありがとうございます」

俊則の上手とは言えない褒め言葉にも、螢は微笑んで礼を言った。

「標準語ってことは、内地から来たんですか」

秀樹が話題を変えた。北海道の人間は、本州を内地と言う。これ以上俊則を乗せると面倒だし、螢も大変だろうと思ったのだろう。

「ええ、東京から」

「螢さんは東京って感じがしますよ」

俊則がまた身を乗り出す。

しかし兆司は、女の言葉のなかに少し道内の訛《なまり》があることに気づいていた。東京暮らしが長いらしく訛を消していたが、酔うにつれて、イントネーションが変化していた。

そして内地と聞いて、聞き返すことなく東京と答えた。はじめて内地と聞いたなら、本州の人間ならなんのことかと聞き返すことが多い。だが、螢はすぐに意味がわかった。

(わけあり……なのかもしれないな)

道内の出身を隠しているのは、押しの強い俊則をかわすためなのか、それとも、そう言いたくない理由があるからなのか。

(……だが、俺には関係のないことだ)

兆司は蒸し器から、ほろほろになったタマネギをとり出した。その上にバターを載せ、ほどよく溶けたところで鰹節《かつおぶし》をあしらって、自家製のポン酢をかけた。

「はい、蒸しタマネギ一丁。熱いので、私がカウンターに置きますね」

螢を火傷《やけど》させないように、慎重に皿をカウンターに置いた。

そのとき、螢の肌の香りが鼻をくすぐった。

耳が熱くなる。異性として意識している証《あかし》だ。

（ふたりきりじゃなくてよかった……）

客を異性として見ることを己に禁じていたのに、今日はおかしい。

常連がいるので、まだ自分を律していられた。

ところが――。

「俺はこれくらいで帰る。明日は早いんだ」

尾形が財布をとり出した。兆司は心細さを隠して答えた。

「また明日、釣りか」

「おう。沖釣りだ」

「明日の天気も悪くなさそうだ。よかったな」

「楽しみにしてろよ」

尾形が店を出ると、秀樹が俊則をつついた。

「おう、俺、明日も現場あるんだ。もう帰ろう」

「いや、俺はもうちょっと飲めるからさ、残るよ」

「ダメだ、おまえは酔ってるから帰らねえと」

このまま長居すれば、俊則が螢にまつわりつくのが目に見えている。

「マスター、また来ます」

渋る俊則を立たせて支払いを終えると、秀樹も俊則と帰っていった。

時刻は十時少し前。

閉店までまだ一時間弱ある。

前は有線で音楽をかけていたが、もう契約もやめた。

結子が古道具市で買ってきた振り子がついたゼンマイ式の壁かけ時計がコツコツと時間を刻む音だけが響く。

ひとりになった螢は、時間を気にするかと思いきや、楽しそうに手酌で飲んでいる。

結子の面影がある螢を、兆司はそれとなく見た。

性欲は、なおみとのほぼ毎日のゲン担ぎで満たされている。だから、女が欲しいわけではない。なのに、どうして螢に目がいってしまうのか。

（吹っきれてないんだな、俺も）

兆司は自嘲《じちよう》した。そして、烏龍茶を片手に写真を見る。

常連たちとみなで結子の誕生日を祝ったときの記念写真だ。

このとき、写真ぎらいの兆司も珍しく中に入り、主役である結子の隣でぎこちなく笑っている。

これが、結子の最後の写真になった。

「マスター、タマネギおいしいです」

螢の声で、現実に戻された。

「それはよかった」

口下手な兆司は、そう答えるのがやっとだ。

「熱燗、もう一本もらえますか。おいしいおつまみにお酒がないと寂しいから」

螢の口調に、艶があった。

悪い酔いかたではない。もう一本出してもよさそうだ。

兆司は熱燗をつけて、螢に出した。

「マスターも、一杯どうですか」

螢が兆司を見ていた。目のまわりが少し桃色になっている。

いつもなら断る。仕事中は、酒を飲まないようにしているのだ。

だが、兆司は盃をとっていた。

「では、お言葉に甘えて」

螢が酒を注いだ。

「じゃ、いただきます」

螢が盃を掲げる。ふたりでくいっと飲んだ。

熱燗が喉を下りていく心地よさと、鼻に抜ける香りを味わう。

「おいしい」

螢が兆司の目を見て、ニコッと笑う。

「マスター、ご存じですか。小樽においしい酒造会社さんがあるんですよ。そこのお酒もおすすめなんです」

「ご出身が小樽ですか」

「違います……いい思い出だけがある場所……なのかな」

そう言ってから、螢が頰に手をあてた。

「やだ、私、酔ったみたい。こんなこと言っちゃって」

「大丈夫ですよ。気になさらないでください」

「私ね、本当は帰りたいところがあるんです。でもね、事情で帰れなくて……それをお酒で吹っきりたいんです」

微笑みに翳《かげ》りが浮かぶ。それが妙に色っぽい。

「いえいえ、おいしい酒の話を聞けるのはありがたいですよ」

螢に気づかないふりをして、兆司も杯を傾けた。

閉店まであと一時間切っている。

新しく客が来る気配はない。

兆司は会話を楽しんでいた。

だからか――酒が進んだ。

（しまった……飲ませすぎた……）

少し酔いのまわった頭で、兆司は自分の失敗に気がついた。

螢がカウンターで腕を枕に寝ていた。

「三池さん、閉店です」

仕方なく、肩をたたいて起こした。

螢は起きたが、首が座らない赤子のような状態だ。

兆司はホテルの名前を聞き出そうとしたが、螢はしたたかに酔っていて、覚えていない。これでは帰れない。

そのうえ——。

「どうしよう……スマホとお財布をホテルに忘れたみたいです」

肩からかけた鞄《かばん》の中を見て、螢が愕然《がくぜん》としていた。

「でも、ホテルに行けばなんとか……ホテルまでついてきてください」

「ホテルの名前、わかりますか」

螢が額に手をあて、考えこむ。どうやらホテルの名前も、ど忘れしたらしい。

真夜中に螢を放《ほう》り出すのは気が引けた。

「大丈夫。ひとりで帰れますから……」

タクシーに乗せるにも、行き先がはっきりしないうえに財布もない。

螢を警察に引きわたせばそれで終わりだが、兆司はそうする気になれなかった。

「頭がはっきりするまで、うちで休んでください」

「これ以上、ご迷惑はかけられません」

「お客さんを放り出すわけにいかないですよ。知り合いに頼みますね……」

と、携帯電話をとり出したところで、兆司は口をつぐんだ。

螢がカウンターで寝息をたてていた。

眠っても、眉間《みけん》のあたりにある寂しさの影は薄れない。

自分に似ている——そんな気がした。

カウンターで不自然な体勢のまま眠れば、体のあちこちが痛くなりそうだ。

兆司は螢を背負い、店の奥にある階段をのぼった。

ふざけて結子を背負ったことはあるが、はるか昔の話だ。兆司が最後に抱えたときは、骨壺に入って軽くなっていた。

階段をあがってすぐに居間がある。その隣には仏間があり、そこに兆司が寝ている万年床が敷いてあった。兆司は螢を布団に入れた。

「結子、すまん。ひと晩だけ、置いてやってくれ」

遺影の女房に声をかけ、兆司は掛布団を押し入れから出して店に戻った。

あと片づけをして、店の椅子を並べて寝られるようにすると、そこに横になった。

軽く眠るつもりが、思った以上に深く眠ってしまった。

引き戸が開く音がして、冷たい風が入ってくるのに気づいた。

兆司が薄く目を開けると、逆光線を受けて人影が浮かんでいる。

「結子……」

兆司が呟くと、人影が答えた。

「おはようございます。お財布、持ってきました」

螢は勘定を済ませ、兆司に頭を下げた。

「昨日は、お世話になりました。ありがとうございます。なんとお礼を言ったらいいのか……」

そこで、螢のお腹《なか》から音が鳴った。

兆司は冷蔵庫にあるもので簡単な朝食を作り、螢に出した。螢はそれを食べてホテルに戻ったのだが——今度はなんと、旅行鞄を持って店にやってきた。

「少しの間、ここで働かせてください」

思いつめた表情だ。

「長居はしませんから……ご迷惑でなければ」

兆司は少し間を置いてから、うなずいた。

住む場所は、と聞くと、螢は首をふった。螢が持っていた旅行鞄は小さい。

面倒になるのかもしれない。

でも、結子が死んだとき以上のことはないだろう。

「二階にふた部屋あります。そちらのどちらかを使ってください。俺は下で寝ましょう。時給や待遇の話はおいおい。カウンターの中の仕事は俺がしますので、あなたはホールをお願いします」

螢の顔が明るくなった。そして、何度も頭を下げた。

第二章　女子大生の願い

1

「兆司さん、驚いたわよ。あんたが女を部屋に泊めるなんて。で、したの？」

なおみの言葉に、兆司は首をふった。

開店前のスナック千秋にふたりはいた。ソファーに隣り合って座っている。

「短い間だけだよ。行きたいところがあるらしい」

いつもどおりになおみがやってくると、開店前の銀を掃除していた螢が挨拶《あいさつ》したのだから、面食らってあたりまえだろう。

「眠っていたって、起こしゃいいじゃないの。それとも、起こせない何かがあったのぉ。そう思うのが普通っしょ」

夜の商売をしていれば、面倒な酔客にあたることはままある。

その場合、常連の手を借りてタクシーに押しこむなりなんなりして対処していた。

「いろいろあって」

「どんないろいろよ。ここがこんなにビンビンになるいろいろ？」

なおみはソファーに腰かける兆司のペニスをフルートを吹くようにして舐《な》めている。青スジが蔦《つた》のように這うほど、ペニスは猛《たけ》っていた。

「それは……」

螢とひとつ屋根の下で寝たことに、心が浮きたっていたのだろうか。それとも、自分の布団についた螢の髪の香りにときめいていたのだろうか。

（違う。そんな気持ちで泊めたんじゃない）

そう思うが、体は正反対の反応を示していた。ソファーに腰かける兆司の前で、なおみが膝をついて本格的なフェラをはじめた。

「こんなにオチ×チンふくらませちゃって、どしたの」

なおみが喉奥まで咥え、ジュルルッと音をたてて吸った。

「む……」

いつもより感じる。吸われるだけで、背すじが震える。

「すっごく硬くていいじゃない。すぐにしよ」

なおみはショーツを脱ぎすて、兆司の隣に置いた。

フェラで興奮していたらしく、レースのショーツには愛液がたっぷり染みこみ、潮気のある匂いを放つ。

なおみは兆司の腰をまたいで、膝立ちになった。対面座位のポジションだ。

「あふ……」

チュプと音をたてて、肉壺がペニスを呑《の》みこんだ。

満足げなため息とともに、なおみの豊臀が下りてくる。

「ふうっ……」

なおみの内奥が熱い。襞肉がウネウネと肉根にからみつく。

「最高にビンビンだわっ」

なおみが腰を上下に揺すぶりながら喘いだ。

襞肉の熱で、兆司のペニスが蕩《とろ》けそうだ。

兆司は思わずなおみのヒップをわしづかみにしていた。

「あふっ、乱暴なの、いいっ」

兆司も下から強烈な突きを放った。

ズニュ、ズニュッと蜜の音があたりに響くほど、なおみは濡れていた。

「いいわぁ、今日の兆司さん、すごいのっ」

なおみが喉をさらして弓なりに反る。

兆司はその喉に唇を落としながら、ラッシュをかけた。

「イク、激しいので、イクッ」

化粧で整えた顔が光る。

兆司が指を食いこませている尻も、しっとり濡れている。

なおみと兆司の律動が激しくなり、嬌声《きょうせい》も大きくなる。

「ああ、もう無理……イックーッ」

ブルブルッとなおみが痙攣すると、肉壺がギュッと締まった。

兆司は、たっぷりと樹液をなおみに注いだ。


事後、互いに身繕いをしていると、なおみがぽつりと言った。

「兆司さん、美春ちゃんがバイトしたがっていたの断っておいて、いい感じの美人が来たらホイホイ雇っちゃうなんて、ひどいわよ」

「それは」

美春を居酒屋で働かせる気にはなれなかった。店員となると、兆司の目の届かないところで悪い客に尻を触られたり、何かあるかもしれない。

そう思うと、ふんぎりがつかなかったのだ。

もちろん、店で働くのは結子だけ、という思いもあった。

「ふうん、美春ちゃんを親目線で見てるのね。私だって、誰かの娘よ。毎晩酔った客相手に身を削ってるっていうのに、親目線で見てくれないの」

なおみがすねた。彼女と体を合わせて数年になる。口下手な兆司と体を重ねるうちに、なおみは兆司の思いをくむのもうまくなっていた。

「すまん」

「いいのよ。ふざけただけ。私は自分の身は自分で守れるし、その知恵もある。美春ちゃんは、そもそも尾形さんと兆司さんに助けられたから常連になったようなものだもの。そりゃ、そういう見方になるっしょ」

兆司はスナック千秋から出て、居酒屋銀に戻った。

「おかえりなさい」

エプロン姿の螢が声をかける。

なおみを抱いたばかりだというのに、胸の奥が疼《うず》く。

そして、情事の名残を螢に気がつかれたら困る、とも思っていた。

(浮気した亭主でもあるまいし)

何を考えてるんだ、と兆司は頭をふり、前掛けをつけると、カウンターの中に入った。

(あれから三年も経つのか……)

結子の死から時間が止まったままだからか、ときの移ろいに疎くなっている。

美春が常連になったのは、たしか三年前の春だった。

2

「賑わってるねえ。大学生むけに営業はしないのか。ビラ配りとかさ」

尾形が煙草をくゆらせていた。

兆司と尾形は、銀の店内から若者で賑わう街を見ていた。

大学の入学式が終わってひと月、いまは新歓コンパのシーズンだ。

通りからは大声で騒ぐ声が聞こえている。

大手の居酒屋にとってはかき入れどきだが、兆司の店には関係のない話だ。

「うちの店はこれくらいでいいんだよ」

紫煙とモツを焼く煙とが、焼き台の上にある換気扇に吸いこまれていった。

「この狭い店に、団体は入らねえもんな」

学生むけの営業をしない理由はそれもあるが、若い客が騒いで常連がいにくくなるのを避けたいのもある。

五月の連休前だというのに、その日はやたらと暑かった。

日中は強い日差しが照りつけ、夜になってもまだその温気が残っている。

そこで引き戸を開け、外の空気を入れて営業していた。

「ほい、レバー」

尾形は、いつも閉店まぎわまで飲んで帰る。

体力勝負の仕事だからか、食べる量も多い。尾形も所帯を持ったことはあるが、離婚して、いまは独り身となっている。

「おう」

尾形が皿を受けとったとき、外から若い女の声が聞こえた。

「ひとりで帰れます。親もいるので心配ないです」

語尾がすべて間延びしている。そうとう酔っているのがわかる。

若いというよりも、幼さすら感じさせる声だった。

声を聞いた尾形が、レバーを口にしたまま、それとなく声のするほうを見た。

とたんに、目が険しくなった。

兆司も尾形の気配から、道路を見た。

店の前で、若い女の子がへたりこんでいる。

その両腕を大学生くらいの男たちが抱えて立たせようとしていた。

「心配ないよ。俺たちがタクシーに乗せるから、大丈夫だから」

そう言いながら、男たちが目配せしている。

女性の腕をとり、立たせた。しかし、タクシーに乗せると言ったのに、男たちはタクシーを拾う大通りではなく、ラブホテル街のほうへと歩き出した。

「タクシー、タクシーに乗れらす」

女も異変を感じたらしく、ろれつがまわらないながらも、必死に訴えていた。

「勤務時間外に動きたくねえんだが、ほっておけねえしなあ」

尾形がゆらりと立ちあがった。

兆司もグラスに入れた水を持って尾形に続く。

「君、酔ってるねえ。大丈夫かい」

尾形が身をかがめて女に話しかけた。

「飲みすぎちゃったみたいで」

話しかけてきた尾形が、厚みのある体に長身、しかも厳つい顔なので、若者たちが驚いて返す。

「コンパの季節だもんなあ、そういうこともあるよなあ。あれ。未成年かな。お姉さん、ずいぶん若いね」

「いやいや、二十歳こえてますから、大丈夫です」

もうひとりの男が、尾形にかぶせるように言った。

「俺ね、いま、この人と話してるんだ。どうなの、大人？」

尾形が砕けた感じから一変して、毅然した態度となる。

「十八……です……」

女が朦朧《もうろう》とした状態で答える。嘘《うそ》を言う余裕がないほど酔っているようだ。

「未成年、こんなに酔わせちゃダメでしょ。それに、お兄さんたち、いまどこ行こうとしていた。タクシー呼ぶ方向と違うよね」

尾形は自分がコワモテだということを自覚しているので、わざと間延びした口調にして優しさを醸し出す。それでも声が低いので、十分怖いと兆司は思う。

「いや、車に乗せて帰るつもりで」

「あれ。三人とも、けっこうお酒くさいけど、車、運転できるのかな。一発免停だよ、飲酒運転は」

男ふたりが、うるさいおっさんだな、というのを顔に出していた。

兆司は女に氷水の入ったグラスをさし出した。

「水、飲めますか。ゆっくり飲んでください」

女の両腕は男たちにつかまれていたが、兆司が男たちを見ると、彼らは手を放した。女は兆司が手渡したグラスを両手で抱えるようにして持つと、喉を鳴らして水を飲んだ。

「ひと息ついたようだね。タクシー乗場まで送るよ」

尾形が、優しい口調で女に声をかける。

「いやいや、俺たちが送りますって」

若い男が語気を強める。尾形が男たちを見下ろした。

「君ら、どこの大学？」

「あなたに教える必要ないですよね」

「はは。そうだな。でもさ、新観コンパで酔わせて、ホテルに連れこもうとする学生がいるってのは、職場で情報共有しておきたいからさ、教えてよ」

「そんなのプライバシー侵害でしょ。何言ってるんですか」

反発も露に男が言った。

「悪い、悪い。そう言っても、防犯の啓発も俺たちの仕事のうちでさ。飲酒運転の取締りだろ。あと、猥褻《わいせつ》な行為を強要した場合に捕まえたりするのも」

尾形と向かい合っていた男が、ハッとした。

「俺はいま非番だけど、近くの交番からおまわりさん呼んでもいいんだよ。そのほうが君たちもスッキリするだろ、知らないおっさんに説教されるより」

「いいえ、それは、だ、大丈夫です」

「今後は、気をつけてくれよ。酔わせたのか、酔ったのかわからないけど、ちゃんと保護するのが責任だろ、先輩の。それとも、別の目的でもあったとか？」

若い男たちは、押しだまった。

「俺、君らの顔、覚えたからさ」

尾形がニコッと笑った。

凄《すご》みのある笑顔に、若い男ふたりがおびえきった顔になる。

このやりとりの間、水を飲みほした女の子の目は兆司に向けられていた。

「ありがとうございます。生き返りました」

「大げさですよ。今度から飲みすぎないようにしてください。酒はおいしく飲むのがいちばんです」

尾形が若い男ふたりと、女の子とともにタクシー乗場まで行き、彼女だけをタクシーに乗せた。

それで一件落着だと思ったところ——。

その二日後、開店早々にその女の子がやってきた。

「先日はありがとうございました。覚えていらっしゃいますか」

「ああ、この間の。二日酔い、大変だったでしょう」

「田代美春といいます。この間は、ありがとうございました！」

美春は、カウンター越しに菓子おりをさし出した。

「そんな、受けとれませんよ、水を出しただけなのに」

「いえ、恩人です。あとで、ほかの子たちから、私がヤバい先輩たちに連れ出されて心配してたって聞かされて……あのとき、このお店の方たちに助けてもらわなかったら、大変な目に遭っていたかもしれないんです」

たしかに、あの若い男ふたりは手なれていた。

酔わせて、妙なことに及ぶ輩《やから》もいる。あの男ふたりは、その類《たぐい》なのだろう。持って帰らせるわけにもいかず、兆司は菓子を受けとった。

結子の仏壇に供えてから、尾形に分けよう。

「未成年でしたら、まだ飲めないですね」

「そうですね……ソフトドリンクを頼んだのに、あの先輩たちにジュースだって言われてサワーを飲ませられて……それで酔っちゃったんです」

「それは災難でしたね」

「あの……今日は、ソフトドリンクとモツ焼き、お願いします」

それから、美春は常連となった。以来、週に一度は顔を出す。たいていはひとりだが、ときには仲のよい女友達を連れてきてくれた。

成人となり、晴れて飲酒ができるようになった日には、ほかの常連たちと祝った。もちろん、飲みすぎないように注意しながら美春は飲んだ。

その間、何度もここで働きたいと美春から言われていたが、結子の死から立ちなおれていない兆司は、結子以外の人間をここで働かせたくはなかった。

「おまえに気があるんじゃねえのか」

尾形がある日、兆司に言った。

「なんのことだ。なおみか」

「だったら俺は、口出ししねえよ。あの子さ、美春ちゃん」

「美春さんが……あの子を助けたのはおまえだ」

兆司は鼻で笑った。

「それに親子まではいかないが、年が離れてるんだ。それはないだろ」

「おまえは本当に鈍いな。俺はおまわりさんだから助けて当然って思われるだけだ。おまえは、水を持ってきてくれた優しいおじさまって見られかたしてるぞ、美春ちゃんから。気づかねえのか」

尾形がやれやれと首をふった。

「目端が利かなきゃ昇進できない仕事なのはわかるが、勘ぐりすぎだ」

兆司がジョッキに生ビールを注ぎながら言った。

「カウンターの中から客の様子を見ているようで見てねえんだなあ、おまえは」

尾形がアタリメを噛んだ。

「俺はおまえがどれだけ飲んでるか、ちゃんと見てるぞ、いつも」

「そんなんじゃねえよ、まったく」

尾形が憐《あわ》れむような目で兆司を見た。

「え、ええ。どういうことですか」

いつもは週に一回ペースの美春が、珍しく二日続けて来た。

エプロン姿で働く螢を見て、目をまるくしている。

3

今日は体にフィットしたTシャツにミニスカート姿だ。スカートが短いので太股の半ばまで露になり、溌剌《はつらつ》とした色香を放っている。

「最近、お客も増えてきたんで、手伝ってもらうことになりました。ホール担当の螢さんです」

「螢です。よろしくお願いします」

螢がぺこりと頭を下げた。エプロンは、螢が近くの衣料品店で買ってきたものだ。もちろん、代金は兆司が出した。

結子が使っていたエプロンはまだしまってあるが、それを出す気にはなれなかったのだ。

「そうですか……」

美春は会釈して、いつもの席に座った。

「ハイボールください」

「いつもの薄めでいいですか」

「今日は濃いめがいいな」

美春が長い睫毛《まつげ》を伏せて言った。

兆司は、おやっと思った。しかし、そういう日もあるだろうぐらいの認識にしておいた。以前、尾形が話したことは、尾形の推測にすぎない。

(そんなわけないさ)

平凡を絵に描いたような顔に、がっしりした体つきでは、いまどきの若い子が関心を寄せるはずがない。

兆司はグラスに氷を入れ、マドラーで混ぜた。それから、ウイスキーを濃いめに入れる。

それをまた混ぜているときに、

「ずるい……」

という美春のつぶやきが耳に入った。

店が閉まるまで、その言葉は兆司の胸に錘《おもり》のように残った。

「今日はずいぶん飲みましたね」

兆司は美春とふたり、彼女の家まで歩いていた。

美春の自宅は居酒屋銀から歩いていけるところにあった。実家住まいなので、家まで送ったからといって何か起こるわけでもない。

美春は濃いめのハイボールを何杯も飲み、次には冷酒まで飲み出した。

今日は足下がふらついているので、兆司が家まで送ることになったのだ。

「こんなに酔ったのは、あのとき以来です」

閉店まで、美春は飲みつづけた。

「上手な酔いかたですよ」

「兆司さんにそう言ってもらえて、うれしいな」

美春が兆司の腕をとった。柔らかい双乳が腕にあたる。

生々しい感触に思わず、ドキッとした。

兆司は美春を女として見たことがなかったからだ。

反射的に腕を引こうとすると、美春は力を強めた。

「ダメですか」

「何がですか」

「私だって、女なんですよ」

美春が兆司を見あげている。

街灯の薄明かりでも、瞳が揺れているのがわかる。

「知ってます」

「そうじゃない。私は兆司さんに女として見られたいのに、でも、見てくれない。いま、お店にいる人、亡くなった奥さんに似てるから置いたんでしょ。兆司さん、あの人が来てから、ずっとあの人を見てたもの」

「気のせいですよ。美春さん、俺みたいなおじさんを相手にしちゃダメです」

三十半ばの兆司からすると、美春の若さはまばゆいくらいだ。

自分のまばゆさに気づかないのも、若さの特権なのかもしれない。

しかし無防備にそのきらめきを放たれると、中年にさしかかった兆司の目がくらみそうになる。

「若いからダメなの。奥さんに似てないからダメなの。女の魅力がないからダメなの。どうしたら、兆司さんにふり向いてもらえるんですか」

「魅力はあるでしょう。ほかの男から告白されてるじゃないですか」

事実、魅力的だと思う。

くっきりとした黒目に整った鼻すじ。ぽってりとした唇は柔らかそうで、ムチッとした胸もとははちきれそうだ。男ならグッとくる容姿に肉体。

そして、銀の常連に溶けこむコミュニケーション力と頭の回転の速さ。

美春が同じゼミの先輩から告白されたと話したこともある。

だが美春は、兆司の言葉を聞いて、むすっとした。

「そういう話じゃないの。兆司さんから見てってこと」

話の核心がまた自分に戻ってきて、兆司は美春の本気を感じた。

尾形が以前言っていたことは、錯覚でも早とちりでもなく、本当だったのだ。

腕にあたる柔肉の感触が強くなる。

若い肌の粉っぽい香りと、髪が放つ甘い匂いが濃くなった。

触覚と嗅覚を刺激され、兆司の欲望が目覚めようとしている。

(まずい)

兆司は美春の手を自分の腕から引き離した。

「落ちつきましょう、美春さん。俺なんかより、いいお相手がいるはずです」

美春は足を止めた。

うつむいた頬から落ちた涙が、道路に水玉模様を作る。

「私にチャンスがないのはわかってたんです。でも、もしかしたらって思ってた。だけど兆司さんの気が別の女《ひと》にいったのがわかったから、諦《あきら》めます」

兆司はその言葉を聞いて、ほっとした。

正面から受けとめるにはあまりにも若く、はかなく、まばゆい相手だ。

中年にさしかかった男には、それなりの年齢の女性がちょうどいい。

「でも、諦める前に……一度、抱いてください」

驚きで、兆司は目を見開いた。

「それは……」

「抱いてくれたら、諦めがつくから。お願い、聞いてもらえませんか」

兆司はあとずさった。

無言の兆司の横を、美春が通りすぎた。

そして、美春はまた足を止めた。

門柱には「田代」の文字がある。美春の家についたのだ。

兆司は安堵《あんど》のため息をついた。

肉欲なら、なおみで満たされている――はずなのだが、美春の吐息が、体温が、兆司の欲望を刺激していた。

これ以上押されたら、理性の糸がぷつりと切れるところだった。

「抱いてくれなかったら、ここで大声あげて泣くから、私」

一難が去り、そうだとひと息ついたとたん、また一難がやってきた。

言葉を濁す兆司に、美春が近づく。

真夜中の住宅街で若い娘が大泣きしたら、警察ものの大騒ぎだ。

「まずは家に帰りましょう。そうすれば、落ちつきます」

両親がいる家に入れば、もうこれ以上は迫られまい。

美春はこの提案に抵抗するかと思ったら、素直に従った。

（よかった……）

何度も冷汗をかいたが、どうにか切りぬけたようだ。

美春が鍵をとり出して、扉を開けた。そして、兆司の手をつかんでドアの中に引き入れる。

「両親はいま、旅行中。家には私ひとりよ」

美春は声を潜めていない。

兆司は口をぽかんと開けた。

家の中はしんとしていて、美春の声が響いている。

もし誰かが家で眠っているのなら、この声の大きさで話したら間違いなく起きてくるだろう。だが、誰も来ない。

「私を置いて帰ったら、道路で大声で泣くから。それくらい、兆司さんが好き」

駄々をこねる子どものような理屈だが、言葉のひとつひとつが重い。

「お願い、抱いて」

美春が兆司に口づけた。

ためらう心は少しあった。

客に手を出したら面倒になる。美春を抱くことにやましさもある。

しかし久しぶりの熱い口づけに、凍っていた心が溶けていく。

なおみとのセックスに、キスはなかった。

――キスは恋人どうしでするものでしょ。

という、なおみの考えでキスをしたことはない。

いや、凍っていた心を溶かしたのは、螢なのかもしれない。

結子が死んでから、心は何も感じなくなっていた。

なおみとセックスで肉体の快楽は味わえても、心は虚《うつ》ろなままだった。

だが螢が来てから、その虚ろな部分を埋めたいと思っている。

兆司は美春を抱きしめた。

「今日だけですよ。それで終わりです」

見つめ合いながら、兆司は諭した。

「わかってる」

美春が兆司の胸に顔を埋《うず》めながらうなずいた。

それから美春は顔をあげて、瞳を閉じた。

兆司は口づけた。

唇を重ねたとたん、美春の体からこわばりが解《ほど》けた。緊張していたのだろう。

合わせた唇から、舌を入れる。

熱い舌が兆司のものにからんできた。唾液を交換するような濃厚な口づけをしながら、兆司と美春は靴を脱いで、玄関からあがった。

それからは、美春が先導する。

玄関をあがって左にあるドアを開けた。レースのカーテン越しに入る外の明りで、ソファーやダイニングセットが見えた。

ここは、リビングダイニングのようだ。

「来て……」

美春が、四人は余裕で座れそうなソファーに腰かける。

兆司は美春を押したおした。そして上に乗り、また口づける。

キスをしたあと、唇を首すじに這わせた。

少し汗ばんだ肌を、兆司の唾液でさらに湿らせていく。

舌を這わせながら、Ｔシャツを脱がせた。

(おお……これは……)

Ｔシャツの下はブラジャーだけだった。透けにくいベージュ色のブラジャーの上に、張りのある乳房のふくらみが出ている。

ウエストに無駄な肉はなく、豊かな胸からすぼまったウエストにかけて、理想的なラインを描いていた。

兆司は美春を客としてしか見ていなかったので、ここまでの肢体の持ち主だと気づかなかった。

「熱い……」

美春がスカートを脱いだ。

パンティストッキングから、ショーツが透けて見える。レースのショーツとストッキング越しにも、ショーツの股布《またぬの》が濡れているのがわかった。

兆司の鼻が欲情の香りを嗅《か》ぎとった。それに引きよせられるように、腰に顔を近づける。

「いいんですか」

最後の了解をとる。

「ここまできて、やめるなんて言わないで」

兆司は美春のストッキングとショーツを脱がせた。

そして、彼女の太股をくつろげる。

蜜肉が開いたとき、クチャと淫猥な音をたてた。

兆司は若い襞肉に中指を挿れた。

「あんっ」

ビクンッと美春の体が跳ねた。

女体の熱が指を通して兆司に伝わった。

ヌチュ……チュ……。

中指が女壺で蠢くと、蜜口から卑猥な音が放たれる。

大きく開いた足の間、指を咥えこんだ陰唇からは密が垂れて、ソファーを濡らしていた。
兆司に送られる道中で、美春は潤んでいたのだ。
(今日は俺に抱かれるつもりで、飲んでいたのか)
道路であんなふうに告白するのには、勇気が必要だったはずだ。
だから、美春はいつになく飲んだのだ。
そして、もくろみどおり兆司に送られ、願いを果たした。
(純情だ)
若さゆえのひたむきさに、心打たれていた。
それとともに、どうして自分のような男に、とも思う。
しかし、いまこの段階で聞くのは野暮だろう。
どうして恋に落ちるかなんて、誰がわかるだろう。
とつぜん人生が終わるように、とつぜん恋が始まることもあるのだ。
――ありえないことなどない。
結子の死で、兆司が学んだことだ。
兆司は指をドリルのように回転させながら、膣肉へと埋めていく。
「ふぁんっ、あんっ……」

美春の体が跳ねた。

兆司は右手で蜜壺を愛撫しつつ、左手でブラのホックをはずす。

細いボディに似つかわしくない、たわわな乳房が自由になって弾け出た。

張りのある乳房の先端にある果実は、暗がりでも薄色だとわかる。

兆司は蜜肉をくすぐりながら、淡い色の果実を咥えた。

「あんっ、そう、ずっと、こうしたかったのっ」

美春が兆司の頭を抱いた。

兆司は指の本数を二本に増やした。そして、抜き挿しのピッチをあげる。

「んんんっ、ふうンっ」

肢体がアーチを描く。

蜜園からは欲望の薫香が立ちのぼる。

男の指をくるんだ蜜肉は、随喜の雫《しずく》をしきりにこぼしている。

兆司が乳首を吸う音と、美春の蜜口がたてる淫猥な音がリビングダイニングに響く。ふだんは美春の家族がくつろいでいる場所で、こんなことに耽《ふけ》っていることにとまどいを覚えながら、背徳感で興奮していた。

(ダメな男だ、俺は)

店の客に手を出すことを禁じていたのに、それを破っている。

しかも、店のアイドル的な存在である美春をこうして抱いているなんて——。

兆司の髪を美春の細い指がかき乱す。その仕草から、兆司は美春が愉悦の味を知っているのだと気づいた。

コリコリにとがった乳首を舌でつつきながら、蜜壺を二本の指で責めたてる。

「いい、いい……」

美春は、はじめてではないようだ。

はじめてではないことに、兆司はどこかで安堵していた。

「来て……兆司さん、来て……」

兆司からすると、もっと愛撫を続けたい。

(若い男は愛撫もそこそこに挿れたがる。もしかして、じっくり前戯をされたことがないのか)

兆司は美春の懇願を無視して、指の抜き挿しを続けた。

「あう、ひっ、ひっ……もう挿れるんじゃ……ひっ、ひっ」

形のよい尻が、ソファーの上でバウンドする。

しっとり汗ばんだ肢体が、薄闇の中で光る。

乳首を甘嚙みしながら、兆司は指を美春の内奥でめぐらせた。

「あううう……そこ、そこ……ヘンッ」

美春が兆司の頭を抱える力を強めた。

どうやら、Gスポットを探りあてたようだ。

兆司は美春が強く反応した場所を狙って、指の抜き挿しのテンポをあげる。

「やあんっ、そことおっぱいもなんてっ、うう、あうっ」

美春の足が大きく開き、その中心で咲きほこる淫花はしとどに歓喜の蜜をこぼしていた。

パチュ、パチュ、パチュッ!

ダイナミックに蜜肉をくすぐると、膣口がはしたない音をたてた。

「い、いい……ああ、ヘン、ヘンになるっ」

美春の背すじと足がグイーッと伸びた。

兆司は、タイミングを見逃さず、Gスポットを中指でつついた。

「あふっ……イク……イクーッ」

痙攣して、美春が達した。革張りのソファーの上に、蜜だまりができている。

兆司は半開きになった美春の唇にキスをした。

「むちゅ……ちゅっ……んんんっ……」

美春が一度きりと願うのなら、その一度きりをいい思い出にしてやりたい。

兆司は、ペニスのサイズも持続力も、たぶん並だと思う。長《た》けているのは体力と、なおみとの逢瀬《おうせ》で得た少しのテクニックだけだ。

兆司は薄目を開けた。美春は恍惚《こうこつ》の表情でキスを返している。

(少しは喜んでくれているのだろうか)

そうだったらよいと思う。もう二度と美春を抱くことはない。

自分のような中年がいいと思うのは、流行病《はやりやまい》のようなものだ。

兆司は唇を離して、美春を見つめた。

「いいかい」

美春はうなずいた。黒い瞳がささやかな光を受けて、きらめいている。

興奮で潤んでいるのか、泣いているのか、兆司はあえて聞かなかった。

ズボンを下げて、いきり立った肉棒を外に出す。

そして、亀頭を美春の花園にあてがった。

「来て……」

兆司は腰をゆっくり進めた。

若い襞肉が四方から肉棒に押しよせ、からみつく。

「くぅっ……はうっ……大きい……」

美春の背がしなる。乳房の間に、ひとすじの汗が流れた。

(む……きつい)

膣肉が、キリキリと兆司のペニスをくるむ。

背すじに快楽の鳥肌が走った。

まだ肉棒の中ほどまでしか埋めていないが、亀頭のあたりを柔肉が刺激し、得も言われぬ快楽を与えてくれる。兆司の肌にも汗が浮いた。

(一度イッたらほぐれるものだが、ほぐれてこの締まりとは)

若さゆえのきつさなのか、名器の持ち主なのかは兆司にもわからない。

ただ、この甘美な責めに浸っていたら、あっという間に射精してしまいそうだ。

兆司は美春の腰をつかみ、肉棒をグイッと進めた。

クチュという音をたてて、根元までペニスが呑みこまれる。

「ひっ、いいっ、あんっ、何、これ。こんなのはじめてぇっ。奥が、ヘンッ」

美春が混乱しながら喘ぐ。

亀頭が美春の奥深く、子宮口にあたっていた。

子宮口は快楽を覚えると下りるという。

しかし美春にとってこれははじめての経験らしく、体の反応にとまどっている。

「精液を欲しがって、子宮が下りたんですよ」

兆司が囁くと、美春は手で顔を覆った。

「やだっ、体がそんなエッチなことになっちゃうなんて……はしたない」

リビングダイニングで兆司と繋がりながら、顔を覆って恥ずかしがる美春がかわいい。兆司は美春の腕をつかんで左右に開いた。

薄明かりのなか、美春が快楽と羞恥《しゅうち》がにじんだ顔をこちらに向ける。

額にはしっとり汗が浮き、欲情と口吸いで交わした唾液で唇は淫靡に光っている。清らかさと淫《みだ》らさが相まって、美春はいつになく魅力的だ。

「素直に感じてください。かわいいですよ、いまの美春さんは」

兆司が美春に囁いた。

敏感な耳たぶを吐息でくすぐられ、美春がまた甘い声をあげた。

「は、はい……」

美春の体から力が抜けた。

兆司は繋がったまま、ポロシャツを脱いだ。

快感のために、兆司の体も汗で濡れている。

高校時代、ラグビーで鍛えた体には少し脂肪がついているが、いまだ体躯《たいく》はがっしりしている。厚みある胸板に、美春の細い指が触れた。

「夢みたい。こんなふうにして触れたかった」

指は胸板から首すじにあがり、兆司の唇をなぞる。

「一夜限りの夢だから、楽しみましょう」

兆司は腰をグイッと送った。

奥にあたる感触が、亀頭に伝わる。

「うひっ」

形のよいバストがぶるっと揺れる。

兆司は太股を抱えて深く結合すると、本腰を入れてピストンをする。

「兆司さんが来てるっ、あうっ、ううっ」

強い律動に、バストが上下に揺れる。

バチュ、バチュ、パチュッ！

蜜汁が弾ける音をたてて、ソファーに飛び散る。

「あん、いい。強いのっ、好き、好きっ」

美春はあられもない声をあげながら、肢体をくねらせた。

兆司の与える快楽に応え、膣肉が蠢動《しゅんどう》する。

突くときは強く、そして抜くときは亀頭がギリギリ残る程度という大きな振幅に、美春は乱れていく。

「オチ×ポがすごいのっ。こんなエッチ、はじめてなのっ、ひ、いいっ」

兆司はペニスのエラで膣壁をこすっていた。

先ほど指で探りあてたGスポットを刺激しているのだ。

そのうえ――。

「あうっ、そこっ……イッ、イクッ」

美春が息を呑んで、硬直した。

結合部の上にある女の芯芽を兆司は指でくすぐった。

美春は抽送の愉悦と、性感帯をくすぐられる快感とを一度に味わっている。

太股がヒクつき、蜜壺から愛液がどっと出る。

「はぁん……すっごく気持ちいい……」

美春の体が痙攣した。

「イクのはいつも、ここで？」

兆司が聞くと、美春がうなずいた。

中でまだイッたことはなかったらしい。中とクリトリスでの愛撫を同時にされ、早くも美春は深い愉悦を覚えたようだ。

「体がいつもより熱い。すごい、兆司さんのエッチ……」

美春の熱い息が兆司の胸を撫でる。

「まだ途中ですよ」

兆司が女芯をくすぐると、美春が顔を左右にふった。

「やぁん、そこと中、一緒にされると、いいのっ、いいのっ」

美春の乱れるさまを見ながら、兆司は抜き挿しを再開する。

感度があがるにつれて、締まりもさらによくなった。

兆司のこめかみから、汗が滴る。

美春の思いを兆司は真正面から受けとめきれない。

だから、快感だけでもたっぷり与えたい。そう思っているせいか、肉棒の猛りはふだん以上だ。

剛直を美春を突きつつ、兆司は女芯いじりと乳房吸いを続けた。

「気持ちいいのっ、あううっ、どこもかしこもいいのっ」

美春が腰をうねらせた。

クチュッと陰唇がいやらしい音をたてて、白濁した愛液をこぼす。

「いいですよ、美春さんも……」

この言葉に嘘偽りはなかった。

もし兆司になんのしがらみもなければ、美春に溺《おぼ》れていただろう。

しかし、兆司の心は結子という鎖に繋がれたままだ。

女房の思い出をふりきってまで、ほかの女とまたつき合う気にはなれかった。

(今日だけの夢だ)

美春の腰を抱えて、ラッシュをかける。

パンパンパンッ!

ふだんは家族が過ごしているであろうリビングダイニングに、淫猥な水音がこだました。

「ひゃあ、ああ、いい、体が溶けちゃいそうっ、いいっ」

ペニスを咥えた蜜壺が、キュンキュンとリズミカルに締まる。

男の精を求める動きだ。

兆司は負けじと強く、美春の内奥を突きまくった。

「やぁんっ、すごいっ、いい。またイクのっ、イッちゃうのっ」

「いいですよ、イッてください」

兆司もスパートをかけた。背すじがゾクゾクする。

射精までもう間もない。

湿った音をたてて、兆司は猛烈なピストンを放った。

「はぁっ、あんっ、イ、イクの。兆司さんっ、中にちょうだいっ」

その言葉とともに、美春がギュンと秘肉を締めた。

兆司も限界だ。グイッと奥に亀頭を据えると、欲望を解放した。

ドクッ、ドクドクドクッ！

美春の女壺に、男のマグマが注がれる。

「ああん、熱いっ、ああ、ああ、兆司さんのお汁でまたイクッ」

膣道で思い人の精を受けた美春が、背すじをヒクヒクさせながら、のけぞった。

夕方になおみとしたばかりなのに、精液はたっぷりたまっていた。

「ああ……はう……イクッ……」

女壺におさまりきらなかった白濁汁が、蜜口から溢れ出る。

リビングダイニングに、欲望汁のにおいが広がった。

兆司は射精後のけだるさにおそわれ、力を抜いて美春に覆いかぶさった。

「これで俺を思いきれそうですか」

すべてを蜜壺に注ぎ、美春の額に己の額をつけた。

美春が薄目を開ける。

「あと一度したら……かな」

若い体力には敵わない。兆司は苦笑した。

しかし、兆司のペニスはまた漲《みなぎ》っていた。

こんなにも欲情しているのは若い美春を抱いているからか、螢が家に来たせいなのかは兆司にもわからなかった。

第三章　とまどう夕暮れ

1

「今日はボタンエビを買いましたよね。どう料理するんですか」

螢が目を輝かせて聞く。

兆司と螢は買い出しのあと、昼食をとりにラーメン屋へ来ていた。

肉は仕入先から送られてくるが、そのほかの野菜や魚介類は市場や目利きの店長がいる鮮魚店で毎日買っている。

兆司はうまそうな魚介をみつくろって仕入れ、数量限定で店で出していた。

そうすれば、仕入が無駄になることがあまりない。

「刺身ですね」

「おいしそうです。今日のおすすめとして、黒板に書きますね」

螢が顔をほころばせた。

彼女が来て、二週間が経つ。

常連たちは、兆司が螢を雇ったことに驚いた。

それもそうだろう。

兆司がかたくなに誰かを雇うことを拒んでいたのだから。

しかし、居酒屋銀に働き手が増えたことをみな歓迎していた。

ひとりでまわしていたときは、料理と飲みものの提供をすべて兆司がしていたので、飲みものひとつ出すにも時間がかかった。そのうえ、営業前とあとの片づけもひとり。疲れていなかったといえば嘘になる。

だが螢が働きはじめたことで、兆司の負担は一気に軽くなった。

瓶ビールやおしぼり出し、注文聞きは螢の担当だ。おしぼりウォーマーもカウンターに置いたので、客が来るとすぐ出せるようになった。

螢が客の帰ったあとの片づけも手伝うので、それだけで体はだいぶ楽になった。

螢は覚えが早く、働きはじめた翌日には接客を任せられるようになった。

開店前の掃除も兆司なりに念を入れてしていた。しかし螢が毎日小一時間じっくり店を磨くようになって、隅々まできれいになった。

螢の存在が呼び水になったのか、新しい客も増えた。

(不思議な人だ)

兆司は店員が持ってきた水を飲みながら、それとなく螢を見た。

今日の螢は長い黒髪をひとつに結び、薄化粧をしている。

服装は、Tシャツにデニム。少し肌寒いので、上にパーカーを羽織っている。

それでも螢には華がある。

カウンターに座る客が、螢をチラチラッと見ている。

「常連さんが多いの、わかります。兆司さんのお料理、おいしいから」

「ありがたい言葉です」

「本当ですよ。今日の朝ご飯も、とてもおいしかったです」

螢のうれしそうな顔を見て、兆司の胸が高鳴る。

「店の残りもので作った朝ご飯でよければ……そんな手間じゃありませんし」

今朝は、店の二階でふたり向かい合って朝飯を食べた。

作ったのは兆司だ。

「長居はしないって言ったのに……ごめんなさい」

螢は相変わらず二階で寝ている。

「すぐに部屋も決まるでしょう。それまで、むさ苦しいところでよければ、いてください」

「……昨日は眠れましたか」

螢が聞いた。昨日から兆司も二階で眠るようになったのだ。

「もちろん」

とは言ったものの、襖《ふすま》を隔てた向こうに螢がいると思うと落ちつかず、実は睡眠不足だ。

しかも二階にある小さな室内物干しには、螢の下着が干してある。タオルで目隠しはされているが、その存在だけでそわそわしてしまう。

何よりも、二階の香りが変わっていた。結子の仏壇から漂う白檀の香りに混じって、螢の肌が放つ甘い匂いがそこにあった。

螢は居間で、兆司は仏間で寝ている。

もちろん、いまもふたりの間に肉体関係はない。

「ふんぎりがついたら、出ていきますから」

事情を深く聞いていないが、螢がそこに行くためには、かなり勇気がいるようだ。ただ、その勇気が足りず、まだ函館で足を止めているらしい。

兆司と螢の毎日は、短い幻のような日々なのだ。

いつか終わる。

「ウイークリーマンション、残念でしたね」

兆司は話題を変えた。

螢は居酒屋銀で働くと決まってすぐ、ウイークリーマンションの契約をした。そこでの生活をはじめようとした矢先——。

螢の部屋の上階で水漏れがあって、部屋が水浸しになったのだ。

荷物は鞄ひとつなのが幸いして、螢の被害は少なかった。

「服はいいんですけど、ヘアアイロンがダメになっちゃって」

螢がため息をついた。

「大家さんが申しわけないって見舞金を出してくれたし、不動産屋さんも、すぐに入居できそうな部屋を見つけてくれたんですけど」

「しかし、あの部屋は遠いですよね。車がないと難しい」

業者が代わりにすぐ入居できる部屋を見つくろったが、前の部屋は銀から徒歩だったのに対して、今度のところはバスで二十分のところにあった。

螢は車を持っていないので、バス通勤になる。最終バスより遅く閉店するので、この物件にすると、螢は思うように働けない。

「やっぱり次の部屋が決まるまで、ホテルで寝起きします」

「この間も話したでしょう。そんなことをしたら、あなたの給料が宿代で飛んでしまいますよ。俺は構いません。気にしないでください」

兆司がそう言うと、螢は恐縮しきりという顔をした。

螢がこの同居生活でかなり遠慮していることに、兆司は気づいていた。

買い出しが終わると、螢は兆司がひとりになれるように、昼はいつも外に食べに行っているし、風呂《ふろ》は少し歩いたところにある銭湯に通っている。

ひとりになる時間が必要なのだろうと最初は思ったが、兆司はある日、螢が手持ち無沙汰な感じで、喫茶店の窓から外を眺めてるのを見かけた。

その時間を楽しんでいるのであればいいのだが――居酒屋銀にはじめて来たときに漂っていた寂しさが目もとにあった。

それは毎朝、兆司が鏡の中の自分に見つけるものに似ていた。

だから今日は買い出しのあと、兆司から昼に誘ったのだ。

「ここは塩がうまいんですよ」

「そうみたいですね。お客さん、みんな塩を頼んでますね」

北海道と言えば味噌《みそ》ラーメンと思われているが、函館に古くからある店は、塩ラーメンがうまい。

早くから国際色豊かな街として発展したので、本場中国じこみの塩ラーメンが函館では定着している。

味噌ラーメンも兆司は好きだが、味噌ラーメンにはニンニクが入っていることが多い。濃い味はうまい。しかし続けて食べると、舌が麻痺《まひ》してしまう。料理を生業《なりわい》としているので、味の強いものはあまり食べないようにしていた。

「お待たせしました。塩、ふたつね」

店員が螢と兆司の前に、湯気の立ったどんぶりを置いた。

年季の入ったどんぶりの縁には四角い渦巻き模様——雷紋が施されている。中には透きとおったスープ、そしてスープの中には細い麵《めん》がきれいに折りたたまれていた。麵の上にはチャーシュー二枚とメンマ、ネギがあしらわれている。見た目からして、昔ながらのラーメンだ。

兆司は箸《はし》をとって螢に手渡した。

兆司はすぐに、ラーメンを啜《すす》る。淡い色のスープと細麵の相性はぴったりだ。口の中が熱い。しかし、箸が止まらない。

淡泊ながら舌に残るうまみと、脂のバランスが抜群だ。

「マスターって、おいしそうに食べますね」

螢が柔らかな笑みでこちらを見ていた。

「見て楽しいもんでもないでしょ。伸びないうちにどうぞ」

夢中で食べている自分を見られて、兆司は少し照れくさくなった。

「あっ、ごめんなさい。私、おいしそうに食べる人を見るのが好きで」

螢がレンゲでスープをすくってひとくち飲み、おいしい、と呟く。

「本当においしい。おいしいって言いながら食べる相手がいるって幸せですね」

そう言ってから、螢が麺を啜る。

(結子もよく、おいしいと言っていたな……)

この店は、亡き女房とよく来た店だ。

結子もこの店の塩ラーメンが好きだった。ラーメンが来たら、まずはスープをひとくち飲む。

螢の仕草に、また結子を重ねている。

——奥さんに似ているから?

美春の言葉がよみがえった。

あのあと、美春は十日ほど顔を出さなかった。

そしてふたたび来たときには、何か吹っきれた様子で、いつもどおり兆司に接していた。常連の男たちは何も気づいていない様子だったが、なおみはお見通しだった。

「兆司さん、あの子を抱いたでしょ」

ゲン担ぎのあと、なおみが言った。

兆司は答えなかったが、それを肯定と受けとったようだ。

「ふんぎりをつけたのね。あの子も大人の女の顔になってた。別れは女を大人にするのよ」

自分のような中年男など忘れて、ほかの男に行けばいい。

美春は若い。きっとよい出会いもあるはずだ。

兆司はラーメンを啜りながら、チラッと螢を見た。

美春を抱いたときよりも、螢と向かい合ってラーメンを食べているいまのほうが、心躍るのはなぜだろう。

きっと、おいしさを共有できる相手がいるからだ。

それだけだ——と、兆司は思おうとした。

2

「兆司さん、いつものやつよろしく」

なおみが引き戸を開けて声をかけた。

爽《さわ》やかな風とともに、香水の匂いが居酒屋銀の中に入ってくる。

今日は白いミニのワンピースに、ツイードのジャケット姿だ。

給料日で客が多く来る日だから、気合が入っている。

「なおみさん、こんにちは」

テーブルを拭いていた螢が、挨拶した。

「だいぶお店に慣れたみたいね、螢さん。ねえ、よければ、うちで働いてよ。

兆司さんのところより稼げるわよ。あなた、見映えがいいんだからさ」

「いいえ、私はたいしたことないので」

螢は謙遜《けんそん》した。

なおみも兆司も、螢が夜の街で働いていたような気がしている。

螢は酔客の誘いをかわすのがうまい。そして地味な服装でも隠せない華やかさと、男心を惹《ひ》く声に夜の名残がある。化粧をして、衣装をそれなりのものにすれば、スナック千秋でも、函館のキャバクラ——いや、ススキノでも売れっ子になるのは間違いない。

「ところで、今日のおすすめは何」

なおみは螢がこの話をいやがっていることに勘づいて、すぐに話題を変えた。

その勘のよさと、頭の回転の速さがなおみの強みだ。

でなければ、常連客を満足させるだけでなく、内地の観光客をつかんで常連にすることなどできない。千秋で飲むためだけに、はるばる内地からやってくる客もいるのだ。スナック千秋が街の景気に左右されず、常に売上を保っているのは、なおみの存在なくして語れない。

「子持ちボタンエビです。お刺身で出せますよ」

「お店に来るお客さんにも、伝えておくわ。螢さんがいるなら、今度から出前も頼めるっしょ。ここの料理、お客さんからも評判だったからさ」

「そうか。出前もできるのか……」

なおみに言われるまで兆司も気づかなかったが、ホールにひとりいれば、向かいにあるスナック千秋になら出前ができる。

結子がいたころは、千秋に出前をしていたことをいまになって思い出した。

「しこみがだいたい終わったころでしょ。お願いね」

なおみがそう言って、千秋へと戻った。

「マスター、こちらは大丈夫ですから、どうぞ」

螢が促す。兆司はお通しの人参《にんじん》とわかめ、オクラのとろろを作り終えて、お通しを入れるボウルにラップをしたところだった。

いつもなら、もっとすばやく作り終えている。

兆司は、なおみのところに行くのを少しでも遅らせようとしていた。

ふたりのゲン担ぎが螢に勘づかれている気がしたのだ。

兆司は螢を見たが、彼女は鼻歌まじりでカウンターを拭いている。

螢は結子ではない。螢は螢だし、男女の関係もない。

螢が次に向かう場所は決まっている。一時的に兆司と暮らしているだけなのだ。

だから、気にする必要などないはずなのだが――気が引けていた。

「じゃ、小一時間、店を空けます。何かあったら、携帯電話に連絡をください」

兆司は前掛けをはずして、カウンターに置くと、千秋へと向かった。

カランと、軽いベルの音をたてて、千秋のドアが開く。

開店前のスナックは、いつも寂しい。

人気がないと、照明の薄暗さが増すのだ。

それに輪をかけるのが、いまかかっている曲だった。

「いいでしょ、とまどいトワイライト」

なおみがCDコンポのボリュームをあげた。

豊島《とよしま》たづみの、けだるげな歌声が大きくなる。

なおみは歌謡曲が好きで、開店前のBGMによく持参したCDをかけている。兆司の世代の曲ではないが、なおみのおかげで有名どころの曲や歌手はわかるようになった。

「今日はかき入れどきよ。気合、入れないと」

カランと、グラスに入った氷が音をたてた。

なおみはロックでウイスキーを飲んでいるようだ。

彼女が開店前にアルコールをとるのは珍しい。

「だったらゲン担ぎ、いらないか」

兆司が答えた。

「いるに決まってるっしょ。稼げる日に、思いきり稼ぎたいんだから」

なおみが口のはしをあげた。

グラスを置いて、兆司のもとへやってくると、両手を兆司の首にまわす。

「それとも、私とゲン担ぎのセックスするの、いやなの」

黒い睫毛で縁取られた目が、兆司を見つめていた。

いやとは言えない圧が、なおみから放たれている。

「本当はしてるのね、あの人と」

なおみが、さりげない口調で聞いた。

「まさか」

その返答を聞いて、なおみの目もとが一瞬こわばった。

しかし、すぐに夜の街で鍛えられた女の顔に戻り、兆司の耳たぶを指でもてあそんだ。

「いまどき珍しい話ね。寝たほうが楽じゃない」

「そういう相手じゃないんだ」

「どういう相手なの」

「従業員だよ、ただの」

「ただの従業員を自宅に泊めないっしょ、ふつう」

言葉にとげがある。

本心を隠して客を喜ばせることを生業としているだけに、兆司相手にも心を見せることはこれまでなかった。

そのなおみが、嫉妬《しっと》心を露にしている。

「……俺にも、わからないんだ」

兆司は、ごまかしは無駄だと悟った。

なおみの指が止まる。

「そう」

指先が少し震えている。

しかし、ふたたびこちらを向いたときには、いつものなおみに戻っていた。

「今日は派手にいきましょうよ」

明るい声で、なおみが誘う。

ジャケットを脱いで、兆司のほうに背中を向けた。

背中のジッパーを下ろしてくれ、という合図だ。

兆司はそれに従った。ジッパーが下りるとワンピースの背中が左右に割れ、脂の乗った肌が露出する。

（おお……）

兆司は息を呑んだ。

黒の布地に金色の糸で刺繍《ししゅう》がほどこされたブラジャーが、ゴージャスな色気をふりまいている。

腰までジッパーを下ろすと、ショーツの上部がチラッと見えた。

そちらも黒地に金刺繍で、ブラとおそろいのものだ。

ジッパーを下ろしたが、豊満なヒップがひっかかり、ワンピースが下りない。

なおみは腰をくねらせて、ワンピースを脱いだ。

その仕草はやけに男心をそそるものだった。

「商売繁盛しそうな下着っしょ」

ヒールに黒と金の上下、そしてガーターベルトのストッキング姿のなおみは、いつにもまして色っぽい。

なおみがショーツを脱いだ。

縦スジから滴った蜜の糸が、ショーツと草叢を繋いでいる。

兆司の股間が、すぐに反応した。

「今日は元気ね。どうしちゃったの」

なおみが兆司のチノパンを下ろし、下着の上から男根を撫でた。トランクスの上から、勃起した亀頭が顔を出している。

「気のせいだよ」

理由は簡単だった。

家に漂う螢の匂いだ。

結子がいなくなり、男やもめになった兆司は、死んだ女房がいやがらないように、掃除はまじめにしていた。しかし、こぎれいにしていても男のひとり暮らし。どうしても男くさくなってしまう。

しかし螢が家に来て、家のにおいが変わった。

螢が使う女もののシャンプーの香りは甘く、それだけで女性がいることを意識させた。

嗅ごうとしなくても、兆司の鼻は螢の肌の匂いを嗅ぎ分けていた。

それが居酒屋銀の二階に満ちている。

朝起きて、この匂いが鼻をくすぐったとき、目覚めがよかった。

そして、そう思ったことを女房の遺影に詫《わ》びた。

「気のせいね……」

なおみが思わせぶりに呟く。

そして下着に手を入れると、兆司の肉茎を扱《しご》きはじめた。

「気のせいでもなんでもいいわ……今日はすっごく硬くていい感じ。前戯はいらないから、挿れて」

なおみがカウンターに手を置いて、尻を突き出す。

双丘の真ん中に開く淫花には、蜜汁がまつわりついていた。

いつもなら、兆司はなおみの要望どおりにことに及ぶのだが、今日は違った。

「俺が前戯をしたいんだ」

兆司からプレイ内容を提案することなど、いままでなかったことなので、なおみが肩越しにふり向いた。

兆司の口内に涎《よだれ》が溢れている。女体を味わいたくて仕方がない。

「いいわよ……珍しいこともあるのね」

なおみが鼻にかかった声で答えた。

グイッと尻を突き出し、兆司を誘う。

兆司は、なおみの双丘の前で膝をつき、顔をその間に埋めた。

「あうっ……うんっ」

なおみが、ため息を漏らす。

手で肉丘を左右にくつろげ、陰唇を開く。

兆司はぬめる陰唇にキスをした。それから舌を伸ばして、淫花に挿しこんだ。

とろみのある熱く潤んだ感触が、舌をとりまく。

欲情のアロマが鼻から脳天を突きぬけ、女の味が舌に広がった。

「舐められるの……久しぶり、はぁっ、ああんっ」

なおみの声がくぐもっている。

彼女は感じると、親指を咥える癖がある。

兆司は舌で秘所をまさぐりながら、コリッと硬くなった女芯をさすった。

「むふうっ……あふうっ……」

なおみのヒップが跳ねる。

兆司は張りのあるヒップに指を立てて、顔をぐいぐい谷間にめりこませていく。

芯《しん》の通った雌しべを指で刺激しつつ、舌で陰唇を舐めまわすと、なおみの尻が汗ばみ、光る。

「ジュル……ジュジュッ……うまい……」

甘露の雫を、兆司は味わった。

手のひらを押しあてた豊臀がヒクヒク震えている。

兆司はひとしきり愛蜜を啜ったあと、舌の腹で雌しべから陰唇を舐める。

「うひっ……ひぅんっ」

なおみが背を震わせる。

ジュワッと蜜汁が溢れ、兆司の口内を潤す。

あまりの量に、兆司のあごから床に垂れるほどだ。

兆司は一度愛撫を中断して、全裸になった。

「私も食べたい……」

なおみが鼻にかかった声で、欲求を伝える。

兆司は、なおみとともにボックス席に横たわった。

阿吽《あうん》の呼吸でなおみは兆司の上になると、股間を兆司のほうへ向ける。そして自分は、兆司のペニスに頬を擦《こす》りつけていた。

「オチ×ポ汁がすごい」

なおみは男根の根元をつかんでうわむけ、亀頭に口づける。

女の唇が触れる前から、尿道口のあたりは先走り汁でテラテラだ。

赤い舌がチロッと鈴口を撫でた。

「むう……」

兆司の肩が跳ねる。愛撫しながら、兆司もかなり興奮していたのだ。

たくみな舌の愛撫で、腰の熱があがっていく。

「たまんないっ。食べちゃう」

一気に根元まで、なおみが咥えてきた。ペニスをあたたかい口内で包まれ、兆司はため息をついた。

「ふう……むううう……ジュルッ」

卑猥な音をたてながら、なおみは兆司の男根を咥え、首を左右にふった。

なおみがフェラで顔を動かすたび、ガーターベルトに包まれた太股が蠱惑的に揺れた。兆司も負けじと、なおみの秘所に指を挿れて、めぐらせる。

「むふんっ……むっ」

兆司が指を抜き挿ししながら、硬くなった女芯を舐めた。

なおみの吐息が熱くなる。

彼女の白桃は自然と上下に揺れていた。

「兆司さん、すごい……あ、あああ……」

なおみが口淫をやめ、兆司の前戯に溺れていく。

その没頭ぶりは、ヒクヒク震える肢体と溢れる蜜でわかる。

濃厚な蜜汁は少し色濃くなり、本気汁になっていた。

「今日は派手にしたいんだろ」

兆司は指を抜き挿しさせるテンポをあげた。

粘り気のある淫水が、兆司の顔にかかる。

欲望でとがった雌しべを舐めるたび、なおみは艶やかな声でよがった。

「あんっ、はぁっ、あああっ、挿れられる前に、ああ、イクッ」

尻がぶるんと震える。

兆司はGスポットを指で刺激しながら、雌しべを強く吸った。

「おほ、ほおおおっ」

ブシュッ、ブシューッ！

派手な音をたてて、なおみは秘所から潮を噴いた。

「はひ、ひ……」

兆司への愛撫の手を止め、全身に押しよせる快感に揉まれているようだ。

潮を噴くほどイッたなおみは、身を震わせ余韻に浸っている。

しかし、その最中にも兆司のペニスに口づけた。

「派手にって頼んだら……挿れる前にイカせるくらい派手にするなんて」

満足そうに息をついた。

雄肉にかかる吐息が熱い。

「じゃあ、今度はこっちでイカせて……」

なおみは頭を兆司の顔のほうに向けた。

そして兆司の顔の横に手をつくと、腰を少しあげる。

切っ先に、濡れそぼった秘肉が触れた。女性上位で繋がる気だ。

「まだ足りないのかい」

「私の体に火をつけたのは誰よ。もう」

なおみは自分からブラジャーをはずして、床に放り投げた。

その動作で、メロンのように大きな乳房がぶるっと揺れる。

兆司は下から乳房に手を這わせ、じっくりと揉んだ。

「ん……んんっ……」

白い肌に浮いた静脈や、快楽の汗で薄化粧された肌がなまめかしい。

それとも、兆司の目にそう映るのは、兆司こそ誰かを求めているからだろうか。

螢の顔が脳裏をよぎった。

兆司はハッとした。

（まさか……俺はあの人を……）

いや、それはない。そう思わないようにしているはずだ。

なおみが腰を下ろすと、陰唇と亀頭が触れた。

欲望の雫が亀頭に滴り、肉棒を伝って陰囊まで垂れてくる。

「硬い……今日は本当にすごいわっ」

なおみがのけぞった。

（俺たちはこんなふうじゃなかったはずだ）

美春のように、なおみも変化していた。

螢が来てから、奇妙な波紋が広がっていた。

ある程度の距離があったはずの美春とあんなことになり、なおみとの情事は小一時間で済んでいたのが、長引きつつある。

（そんなはずはない。俺なんかは相手にならない）

人気スナックの名物ママとして、なおみのファンは多い。

美貌とスタイルのよさもさることながら、会話の楽しさで客を惹きつけている。

ゲン担ぎも、結子を失って酒に溺れかけた兆司を見かねて、なおみがしないかと声をかけたのが始まりだ。つまりは、同情から始まったものだ。

なおみ自身、そのころ恋人がいなかった。

浮気をされて別れ、すぐに次を見つければよいと思ったらしいが、夜の商売で男を見る目が肥えたために、なかなか次が見つけられなかったらしい。

結果、男にしばらく抱かれなくなり、なおみは焦った。

なおみいわく、肌に艶がなくなったのだという。

艶を維持するために、なおみはセックスの相手を探した。

そこで、喪失感を埋める術《すべ》を探していた兆司に目をつけた。

ふたりの関係は、打算と心の傷からの逃避で成り立っている。

ロマンチックなものではない。

そのはずなのに——。

「ああう、うんっ……いいっ」

なおみが肉壺で男根を包みながら、腰を上下させた。

襞が兆司のモノを放すまいと、からみつく。

まるで、なおみの心を示すように。

逆ハート形のヒップを上下に動かすたび、蠟涙《ろうるい》のように白い本気汁が合わせ目から滴った。

「反りがきついの……いいわぁっ」

なおみが顔をうわむけた。

顔から白い喉、そして胸の谷間にまで、霧を吹いたように汗が浮いている。

「私の中でヒクヒクして、たまんないっ」

熟練の腰つきで男根を味わっている。

兆司の頭もジンジンと熱くなる。

メロンのような乳房をつかみ、自分の顔に近づけた。

「あううっ……あんっ」

硬くなった乳首を舌でつつく。唇をつけていないほうの乳房の蕾《つぼみ》は、指先をすばやく動かして愛撫した。

秘所と乳房、二カ所をこってりと愛撫され、なおみがまた己の指を噛んだ。

「あふんっ、感じるっ。いいわ、いいっ」

ニュッ、ニュッ、ニュチュ……。

抜き挿しのたびに、本気の汁がいやらしい音を放つ。

兆司の陰嚢まで濡れるほど、なおみは愛液を垂らしていた。

なおみが腰の位置を微調整した。

「くうう……あふっ……」

兆司がつかんでいる熟れたメロンがまた汗ばむ。

自らGスポットにペニスをあてたのだろう。

蕩けた肉がさらに熱くなった。

「いいわ、いい……」

なおみの豊満な尻が腰にあたるたび、グチュ、グチュっと湿った音がする。

ふたりをくるむのは、絶頂を求める女の濃厚なアロマだ。

その匂いが本能を煽《あお》り、兆司は煮えたぎるほど熱い欲望にかられた。

乳首を咥えた唇はそのままで、なおみの細腰を両手でつかむ。

そして、下から猛然と突きあげた。

「あふ、ふっ、あうっ……」

ロデオをしているように、なおみの体が激しく揺れた。

兆司がラガーマンだったころに鍛えた体幹は、いまも衰えていない。

汗ばんだなおみのメロンが揺れ、汗と唾液をソファーの上にまき散らした。

「奥にあたって、いいのぉっ」

なおみの眉間に、懊悩《おうのう》の二本線が浮いた。
本気で感じているときに見せる顔だ。
なおみが兆司の顔を手で挟んで、口づけた。
ふたりの間ではタブーとされていた行為だ。
兆司は目を見開いたが、なおみはきつく目を閉じて唇を押しつける。
「むうっ、むうっ、ううっ……」
快楽のるつぼの中にいるなおみが、舌をからめてくる。
兆司も欲望のままに舌を動かし、なおみの口内を蹂躙《じゅうりん》した。
本能がそうしろと囁く。
腰が爆発しそうだ。
兆司も、なおみも、我を忘れて互いの体を貪《むさぼ》った。
「もっと、もっとしてっ。狂うくらいにイカせてっ」
なおみが、せつなげに細めた目で兆司を見た。
口紅はかすれ、汗まみれになった肌は化粧なおしが必要だろう。
しかし快楽に浸ったその顔には、淫靡さとともに哀切さがあった。
それが兆司の欲望を揺すぶる。

兆司は突きあげのテンポをあげた。

「あうっ、あおっ、おおっ、おおっ、すごいっ、あうっ」

豊乳が上下に揺れるほどの突きを放つと、肉襞のうねりが強くなる。

甘美な責めのため、ペニスが先走り汁をこぼしていた。

「こっちもすごいぞ」

兆司は歯を食いしばった。

そうでもしないと、すぐに吐精しそうだ。

（あと少し……この熱の中にいたい……）

なおみの中にいる間は、螢のことも結子のことも忘れられる。

なおみにとって兆司は、性欲を気楽に発散させてくれる相手だ。

そして兆司にとってなおみは、目を背けたいことからの逃げ場だ。

噴火をこらえながら、兆司はなおみの肉壺を突きつづけた。

「ああ、兆司さんっ、もう私、無理、無理なのっ」

力強い突きを受けつづけ、なおみの声がうわずる。

「無理なんて言わずに、もう少しつき合ってくれっ」

兆司は背すじを走る終わりの予感を無視して、ピストンを繰り返す。

パチュ、パチュ、パチュンと弾ける音をたて、愛液が飛び散った。

蜜がしとどに溢れ、兆司の腰を光らせていた。

「もうダメ、ダメ。そんなにされたら、私、私……ただの女になっちゃうっ」

鮮烈な快感が、なおみから夜の街の顔をはぎとった。

スナック千秋のママのなおみから、素のなおみに変わる。

「いいんだ。感じてくれ」

兆司はなおみを抱きしめ、突きあげる。

「あふ、ふう、もう、我慢できないのっ。イ、イクのっ」

なおみが兆司の頭をきつく抱いた。

それとともに、内奥も男の精を求めて強くうねる。

激しい渦潮に揉まれたペニスは、陥落した。

「おお、出る……おおおっ」

兆司の背すじがぶるっと震えた。

同時に、白いマグマが火口から噴出する。

「ひいいっ、熱っ、熱いのっ……すごい、熱いっ」

男の欲望液を蜜壺で浴びて、なおみが叫ぶ。

「ああん、イクッ、イクイクッ」

背すじをのけぞらせ、グイーッと足を伸ばした。

伏せた瞼《まぶた》が、ピクピクと痙攣している。

そして色っぽい唇からは、透明な涎が垂れた。

「ああ……ああっ……」

硬直したあと、なおみは力を抜いた。

仕事前のゲン担ぎは、互いの仕事に障りのない程度におさめるのが暗黙の了解だったのに、今日はそれを破ってしまった。

兆司は秘所から分身を引きぬいた。

(まだ……ビンビンだ)

「兆司さん、抱きたりないの。あきれたねえ」

なおみが、けだるげに体を起こす。

整えられた草叢の下で、なおみの赤貝が開いていた。

そこから濃厚なミルクが溢れて、バスタオルに滴った。

バスタオルをソファーに敷いておいてよかった。蜜潮と男のマグマがソファーに垂れたなら、どうしてもにおいがするだろう。

「どうしたの、こんなにして。兆司さん、いつもと違うっしょ」

四つん這いになったなおみが、兆司のペニスに口を近づけた。

シャワーを浴びる暇がない兆司のために、なおみは交わりのあとでいつもお掃除フェラと称して、男根を口で清めてくれた。

だが、いま兆司が求めていたのは、口での愛撫ではなかった。

「もうちょっと、つき合えるかい」

「えっ。どしたの、兆司さん」

兆司はなおみの背後にまわった。

そして、ソファーに膝を乗せて、なおみの腰を抱える。

「まだ時間あるだろ」

「あるけど……明日のぶんまでやる気かしら」

「ああ」

いままで、なおみと体を重ねたのは生理的な欲求によるものだった。

だが、いまは自分の中に芽生えた欲望に促されて、肉体を求めている。

心が体にエネルギーを送り、ペニスはマグマを出したばかりとは思えない猛々しい姿でそそり立っている。

「兆司さん、あんた、そんな顔もするのね」

なおみが肩越しにふり返り、兆司を見ていた。

兆司は己の顔に手を触れた。

「顔が違うかい」

「うん。ギラギラした男の顔になってるよ」

なおみの瞳は、本当は誰を求めているかはわかってる、と言いたげだった。

「ああ。セックスがしたいんだ、今日は」

下衆《げす》な言葉で本心を隠した。

「女が家にいたら、オナニーができないもんね。そういうことでしょ」

なおみも調子を合わせる。

下衆な嘘には、下衆な返し。スナックママの面目躍如だ。

「私と毎日エッチして抜いてるのに、まだ足りないドスケベだなんて思わなかったわ」

「君によく見られたかったんだよ」

いや、違う。螢によく見られたいと思っている。

彼女の前では、性欲などない男のふりをしている。

嘘に嘘を重ねている。ただ、この欲求だけは嘘ではない。

（いやな男だ、俺は）

本当に求めるものがわかっていながら、それから目をそらして、誰かを欲望のはけ口にしている。

「来て……バック、久しぶりだから……」

なおみが欲望に蕩けた顔をした。

兆司は、いきり立った分身を白蜜をこぼす秘花にあてがった。

「ああ、俺もしたくてたまらない」

エラの張った剛直を蜜口にくぐらせると、一気に奥へと進める。

「おお……ああんっ、いいっ」

後背位だと、子宮口が正常位のときよりもうしろに来るらしい。

なおみの背中がしなった。性感帯をうがたれて、またイッたようだ。

兆司も桃源郷の中にいた。亀頭を——性感帯をくるまれ、尿道口は欲求の雫をトロトロこぼす。

「いい……」

締まりも格別だ。中出しされて、間髪をいれずに二回目をはじめられた秘所は、絶え間なくやってくる快楽を歓迎している。
愛液と白濁液が混ざったものが、なおみの花園から糸を引いて落ちた。
栗《くり》の花と女のシロップのにおいが兆司の鼻をくすぐった。
「奥に来る、ふう、っんっ、あんっ、んんっ」
汗できらめく桃尻が揺れる。
その間で抜き挿ししている怒張は赤黒く、幹には青スジが浮いている。
兆司は手で尻を左右に割った。
ピストンを視姦しながらの交合で、さらに興奮したいのだ。
「ああ、いい、いいっ。奥、もっと突いてっ」
腰と尻がぶつかるタプタプという音に、豊満な胸が前後に揺れる音が重なる。
兆司は突きを強め、子宮口を狙い打つ。
愛液とともにかき出される男の欲望汁が、なおみの長い足の間から滴った。
いかに自分たちが淫らな行為をしているのか、改めて思い知る。
だからこそ、興奮は深くなる。
「あひ、ひっ……いい、いいっ」
なおみは頭を下ろして、下から交合の模様を眺めている。

自分の揺れる乳房の向こうで、己の股間にたたきつけられる兆司の腰と陰囊を見ているのだ。

イソギンチャクの触手ように秘所が男根にからみつく。

(なおみも燃えている)

バックでの突きに加えて、なおみは秘肉をかき分けて肉の真珠をいじっていた。

「ふっ……ほおおっ……おおおっ……いい」

濡れが激しい。バスタオルは潮と欲望液でぐっしょりだ。

粘り気の強い透明な愛液が、なおみの指が蠢くたびに垂れる。

兆司はなおみの指に自分の指を上から添えて、女芯を強く押した。

「はううっ、こっちでもイクッ、イクーッ」

なおみがのけぞった。

己の愛撫で、また気をやったようだ。

尻が震え、腕から力が抜ける。

なおみは、ソファーの座面に顔をつけ、尻だけをうわむける姿勢でバックから突かれている。

「ひい、イッたあとに突かれるの、いい、いいのっ」

なおみの声に余裕がなくなってきた。

ゲン担ぎの一発のはずが、互いの体力を削るような本気のセックスになっている。何度もイッて、なおみも疲れているだろうが、兆司もまた、いままでにないほど体力を使っていた。

「最高の締まりだっ」

兆司は額から汗を滴らせながら、腰を欲求のまま前後した。

パチュ、パン、パン、パンッ！

柏手のような、景気のいい音がスナックの中にこだまする。

「いい、いいっ、子宮がザーメンまみれで、気持ちいいっ」

なおみが痴語を呟いた。

いやらしくなればなるほど、なおみは締まりがよくなる。

イソギンチャクにまる呑みされた魚のように、兆司のペニスは柔肉にくるまれた。一発出したばかりだから、もう少しもつと思ったのだが、射精への欲求が切迫したものになっている。

「もう、出そうだ……いいか、また出して……」

兆司は射精前のラッシュでなおみを責めながら囁いた。

「いいわ、いっぱい出してっ」

兆司は勢いを強めて、抜き挿しを繰り出す。

肉鼓の音が大きくなるにつれ、なおみの嬌声も大きくなる。

「あふっ、ふうっ、中がグチャグチャで気持ちいい、いいっ」

なおみは営業前だというのに没頭していた。

ふだんのゲン担ぎで、なおみはここまで狂わない。

狂っているのは、兆司もだ。

ここまでなおみを責めぬいたことはなかった。

「オマ×コがいやらしく動いてる……たまらないっ」

パンパンパンッ！

子宮口を突くたびに、なおみの背中がうねる。

「ああ、いい。また、中でイク。私、イッちゃうのおおっ」

イソギンチャクが蠕動《ぜんどう》した。

ペニスの根元から亀頭までが、触手のような襞肉に締められる。

強く三発繰り出したところで、兆司に絶頂の予感が走る。

なおみがのけぞった。

「イク、イクーッ。もう、無理いいっ」

なおみが先に果てた。

股間からしとどに絶頂汁を垂らしながら、背すじをヒクつかせている。

「俺も、出る……出るっ」

ドクドクと脈打ちながら、兆司は絶頂の号砲を放った。


兆司は千秋を出て、まずは一服した。

なおみからおしぼりを借りて体の汗を拭いたが、まだ情事のにおいが自分から漂っている気がする。

(さすがに、このまま店には出にくいな)

今日はかき入れどきだというのに、すでに疲れていた。

仕事にさしつかえるほど情事にのめりこんだのは、兆司にとっても、なおみのとってもはじめてのことだった。

(俺たちはどうしちまったんだ)

兆司は道路の向かい側にある、居酒屋銀を見た。

店の前には水が打たれ、清潔そうな雰囲気が漂っている。

こうして自分の店をまじまじと外から見るのは久しぶりだ。

結子が死んでからセピア色になった店が、いまは色彩をとり戻している。

止まっていた時計が動いたとたん、兆司をとりまく歯車がまわり出した。

そして、その中心にいるのは、いま店にいる螢なのだ。

兆司は煙草を根元まで吸うと、携帯用灰皿に吸いがらを入れた。

バツの悪いところを見られたくない子どものような心境だ。

店に入って螢に情事を勘づかれたらどうしようか、などと兆司は考えている。

（あの人は従業員なんだぞ。何を気にする必要がある）

早いところシャワーを浴びて、身支度を調えなければいけない。

兆司は居酒屋銀の扉を開けた。

「お店はまだです……あ、マスター、おかえりなさい」

螢が雑巾で壁を拭いていた。頭に白い三角巾を巻き、エプロンをつけた姿からは、清楚《せいそ》な色気が漂っている。

螢は、時間を見つけては店の隅々を掃除をしていた。

情事に耽っている間も、こうして働いていたのかと思うと、兆司は心が痛んだ。

「今日は遅かったんですね」

兆司は足を止めた。

いままで、螢がこんなことを言ったことはない。

彼女もまた兆司に気が——いや、それは気のせいだ。

「ちょっと、シャワーを浴びてきます。開店には間に合わせますから」

「わかりました。大丈夫ですよ」

螢が微笑んだ。その微笑みが爽やかだからよけい、やましさが胸に突き刺さる。

(気づかれたのか……)

そうだろうな、と思う。

男女がほぼ毎日小一時間ふたりきりで、終わったあとには疲れた姿で帰ってくるのだ。気づかないはずがない。

知られたくない部分を見られた気恥ずかしさから、兆司は足早に店の裏の階段をのぼっていった。

第四章　終わりの予感

1

「あんな男、こっちから願いさげよ」

なおみは店で働く梨子《りこ》の愚痴を聞いていた。

いまは開店前の、掃除の時間だ。

ボーイの片岡《かたおか》が掃除機をかけている。

カウンターに座った梨子は、唇がぽってり見えるようにメイクを直していた。

二十三の梨子は、まだ若い。自分よりも張りのある肌を見て、なおみは少しうらやましくもなる。

スナック千秋で働く女の子は、若い子は二十代後半から、上は五十近くと年齢が幅広い。

キャストの年齢が固まっていると客をつかみやすいが、そのぶん客層も狭まる。

千秋は、キャストの年齢層を広くすることで、若い客から常連までつかむ戦略をとっている。そのぶん、キャストをマネージメントするママの仕事は増えるが、なおみはそれを苦には思わない。それもまた仕事の醍醐味《だいごみ》だと思っていた。

年代が広いと、悩みも多様だ。

それを聞いて、気持ちよく仕事してもらうのもママの仕事だった。

なおみはスリムサイズのメンソールの煙草に火をつけた。

「男でぐらついてちゃ、いい仕事にならないからね」

煙を吐き出しながら、そう告げる。

「そうそう。男で稼がせてもらってるのに、男にぐらついてるわけにはいかないよね。私が働いたぶん、ぜんぶパチンコなんてありえないっしょ」

梨子はオーバーサイズに引いたリップラインの内側を埋めるように口紅を塗っていた。

いま流行のリップメイクは、薄づきでナチュラルに見えるようにするものだが、夜の仕事では流行よりもいかにセクシーに見えるかが大事だ。

なおみは鏡の中の自分を、角度を変えてチェックする。

今日は肌に艶がない。

口紅の色を明るいものにしよう。

「男に大事なものとられるぐらいなら、捨てるか、そいつから大事なものをとっちゃわなきゃダメよ。とられっぱなしはダメ、甘く見られちゃうから」

スナックの薄暗い明かりでも華やかに見えるように、ローズピンクの口紅に塗りなおした。

外見にはそれなりに金をかけている。エステ、ネイルアート、高価な化粧品。

そして、情報をとりこむことも欠かさない。客が会話を楽しめるように新聞数紙と、水産新聞などの業界紙、スポーツ新聞まで目を通す。

たかがスナック、されどスナックである。

キャバクラやクラブよりも敷居は低いが、提供するサービスは負けていない。

おかげで先代のママからの常連に加えて新しい常連も増やし、スナック千秋は連日盛況だ。

兆司とのセックスも、美容の一環のためだ。もちろん、結子のとつぜんの死により身を持ちくずしそうになった彼を見すごせなかったのもある。

なおみは二十五歳で、千秋のオーナーママになった。

十八で夜の世界に入り、昼は水産工場で、夜はスナック千秋で働いた。

昼も夜も働いたのは、いつか自分の店を持ちたいと思っていたからだ。

なおみが二十三のころ、スナック千秋の向かいの居酒屋銀も代がわりをした。

このころは、高度経済成長期にできた店が経営者の高齢化により代がわりする時期だった。銀も前は老夫婦がまわしていた店だったが、親爺《おやじ》さんが倒れ、臨時休業が続いていた。

そこに跡継ぎとして入ったのが、その店の常連だった兆司と結子夫妻だった。代がわりしてすぐはうまくいかないものだが、兆司は先代の味を継ぎ、結子は明るく接客したので、常連が離れることはなかった。

同じ夜の仕事のせいか、居酒屋銀の夫婦が放つものは、なおみには眩《まぶ》しかった。

そして、ふたりのことを心のどこかで目標にしてもいた。

なおみの夢が意外に早く叶ったのは、先代のママが急遽《きゆうきよ》、病に倒れたからだ。高齢だったママは入退院を繰り返し、千秋を閉店するか悩んでいた。

なおみは貯金と融資で資金を調達し、ママに新しくオーナーになりたいと告げた。そこで、熱意と実力を認めた先代ママから千秋を譲りうけたのだ。

「若くしてママになるだけあるわ。さすが、なおみママ」

「身を粉にしてるんだから、それぐらいあたりまえよ。梨子ちゃんも、見きりをつけるなら早いほうがいいよ。治りゃしないのよ、そういうのは」

「だよねえ」

梨子は煮えきれない態度だ。

「いいんだ」

「ママ、いいって、なんのこと」

「あっち」

なおみが横目で見ると、梨子は悪戯《いたずら》が見つかった子どものような顔した。

「やっぱりね。そっちがいいと離れにくいよねえ」

「そうなの。相性バッチリでさ」

たしか梨子のカレシは根元が黒くなった金髪で、体形もだらしない。ヒモならもう少し身なりに気を遣いそうなものだが、そうしなくても女が切れない男だ。

たしかに、指先だけはいつもきれいだ。つまり、セックスがうまいのだ。

「通帳は貸金庫にでも隠しなよ。そうすりゃ、お楽しみだけ受けとれる」

「そうする。ママは話がわかるから助かる。ねえ、ママもそういう経験あるの」

なおみは煙草の灰を落として動揺を隠した。

「そりゃ、梨子ちゃんより長生きしてるからね」

「つうても、七歳上なだけじゃん」

梨子が笑う。

(最初は、そんなつもりじゃなかったのに)

兆司のことを思い浮かべていた。

ゲン担ぎという名目での情事は、結子が死んでから始まった。

そのころ、なおみもそれまでつき合っていた男とは別れたばかりだった。

ママになった忙しさは想像以上で、恋人と会える時間は減った。

しかも、なおみが稼いだ金を使って浮気したことがわかり、なおみは恋人から部屋の鍵をとりあげた。

しかし、別れてみると体が寂しい。

そこで、兆司を誘ったのだ。兆司は、喪失感から酒に溺れていた。

ふたりの目的が一致した。

なおみは寂しさを埋めるため、兆司は哀しみから目を背けるため——。

軽い気持ちではじめた情事が、いまでは仕事前のルーティンになっている。

ほぼ毎日、セックスをするなんて夫婦でもないのに、となおみも思う。

しかし、いまでは兆司とのセックスなしでいられない体になってしまった。

(昨日のセックス……すごかった……)

思い出すだけでも濡れてしまう。

蕩けるほど何度も感じ、気をやってもやっても終わりのないセックス。

しかし抱かれながら、兆司の心がここにないことに気づいてしまった。

(あの人……結子さんにどことなく似てるものね)

死んだ相手には敵わない。

心を通わせないセックスでも、これだけ回数を重ねれば、相手が何を考えているかなんとなくわかるものだ。

自分以外の女を思い浮かべてセックスされるのは、正直悔しい。

しかし自分以外の女への激情をこめたセックスは、なおみをこれまでにない高みへ押しあげた。

「ママ、なんか考えごとしてるの。いい人いたんだ」

「そりゃ、男のひとりやふたり、私だっているわよ」

今日は仕事前のゲン担ぎを兆司から断られた。

疲れている、という理由でだ。

それ以上は押しきれず、なおみは店に戻ってきた。

(潮時、なのかもね……)

結子に似た螢が店に来たときに、それは予感していたことだ。

螢と兆司の間に、まだ男女関係はない。

女の直感で、それはわかる。

でも、いつかそうなったら、自分がその間に入ることはできないだろう。

秋風が、なおみの心に吹いていた。

ため息の代わりに、なおみは紫煙を吐いた。

2

兆司と螢が閉店後の掃除をしていると、引き戸が開いた。

「すいません、今日はもう終わりです」

兆司が顔をあげて入口を見た。

「こっちも、今日は早あがりなの」

店の内側にかけた暖簾をめくって、なおみが顔を出した。

「こんばんは。お疲れ様です」

「こんばんは、螢さん」

なおみが螢に微笑みかける。

ふたりが顔を合わせたことに、兆司はなんとなく居心地の悪さを感じた。

「今日はどうだったの」

「給料日あとだからね、忙しかったよ」

銀にいた最後の客が帰ったのは午前一時すぎだ。それから片づけたので、いまは午前二時近くになっている。

「こっちもさっきあがったとこ。兆司さん、これから空いてる？」

兆司は面食らった。こんなことを、なおみから言われたことはない。

思わず螢の顔を見た。

床にモップをかけていた螢も、驚いたようだ。

「どうしたんだい、こんな夜中に」

「経営者として、悩みがあってねえ。そういうわけで、兆司さんに聞いてほしいことがあるのよ」

「明日じゃダメなのかい」

「ダメだから、いま来てるのよ。今日じゃないと困るの」

なおみは笑顔だが、目もとにはさしせまったものがある。

兆司は布巾で冷蔵庫を拭きあげると、ぬるま湯を桶《おけ》にためた。そして、そこに漂白剤と布巾を入れる。

「あとは任せていいですか、螢さん」

兆司は前掛けをはずしながら聞いた。

「大丈夫です、ほとんど終わってますから」

「終わったら休んでいいですから。ちょっと、出てきます」

なおみは兆司が動いたのを見て、先に外に出ていた。

兆司はジャンパーを羽織ってあとに続く。

「どうしたんだい、いったい」

「ちょっと、つき合ってくんない」

なおみが歩き出す。十月も近づき、風も冷たくなってきた。

袖がレースになった赤いワンピースはボディラインを浮かびあがらせていた。逆さにしたチューリップのように艶《あで》やかだが、寒そうだ。

兆司は、なおみの肩にジャンパーをかけた。

「寒いだろ」

「寒いけど……熱いわ」

不可解な言葉を受けて兆司が黙りこむと、なおみが笑った。

「体がね、火照るのよ。昨日あんなふうに抱かれたのに、今日はおあずけ食らって」

昨日は、タガがはずれたようになってしまい、なおみを激しく抱いた。

情事のにおいがまつわりついた自分を、これ以上螢に見られたくなくて、兆司は今日のゲン担ぎを断ったのだ。

「すまん」

「ズルズル続けてもダメね。これで終わりだわ」

なおみが手をあげて、タクシーを止めた。

「何がだい」

「兆司さんとのゲン担ぎ」

なおみは兆司の心を見ぬいていたようだ。

タクシーがふたりの前に止まる。

「いつかは終わるって思ってたから、いいのよ。体だけの関係なんだから。でも、一日抱かれないでいただけで、せつなくてさ。体が兆司さんを忘れられるように、最後に激しく抱いてほしいの。そしたら、吹っきれるから」

タクシーのドアが開き、なおみが乗りこんだ。

兆司は、ふり返って居酒屋銀を見た。

「俺は……そんなつもりじゃ……」

「気になるんでしょ、あの人が。でも……私も納得したいの」

揺れる瞳が、懇願するようにこちらを見ていた。

強気ななおみが見せたことのない表情だ。

兆司はタクシーに乗った。

なおみが告げた行き先は、函館山《はこだてやま》から街を挟んで反対側に位置する東山《ひがしやま》にあるラブホテルだった。タクシーは暗い夜道を走り、間もなくホテルについた。

タクシーを降りて街灯の少ない道をふり返ると、函館の市街地と函館山が一望できる。裏函館と呼ばれる夜景が星空のように瞬いていた。

ふたりは終始無言だった。

なおみが口を開いたのは、ホテルの部屋に入ってからだ。

「最後だからじっくり抱いてほしい。いままでみたいに、セックスするんじゃなくて、ベッドの上でも、お風呂でもたっぷりして……」

なおみの頬が桃色になっている。

海千山千の夜の女なのに、本心を告げるのは恥ずかしいようだ。

「わかった。これで最後か……平気、だよな」

「あたりまえでしょ。私は平気よ。男なんてすぐ見つかる。それより、私はあなたのほうが心配よ。いまどき片思いなんて、いい年して……つらいだけ」

最後の「つらいだけ」が、やたら重く響く。

そこには、なおみの心が表れていたように感じた。

なおみが兆司に口づけた。兆司のペニスがすぐにうわむく。

昨日のセックスで、兆司は体がけだるくなるほどの快感を味わった。

螢の存在が、兆司をせきたてていた。

彼女が現れるまでは、日常の一部としてのセックスだったのが、いまでは螢への行き場のない思いをぶつけるものに変わっていた。

だから、怖くなったのだ。

これ以上、他人への思いを、なおみに向けることが。

それで今日はなおみとのゲン担ぎをしなかったのだが、なおみは兆司の心に気づいていた。

「せっかくラブホテルでエッチするんだから……お風呂に入りましょ」

なおみがハイヒールを脱いで裸足《はだし》になると、バスタブに湯をためた。

「時間がもったいない……もう、入りましょう」

兆司も服を脱いで全裸になる。

なおみが兆司に背中を向けた。兆司は何も言わずに服を脱がせた。

「今日は、この間以上に激しく抱いてね……兆司さんを嫌いになるくらい。優しさなんていらないから」

美春は優しく抱かれることで兆司への思いを満たしたいと願い、逆になおみは嫌いになりたいから激しく抱いてとねだった。

（あの人が来てから、いろいろなことが変わっていく）

結子の前に女性とつき合ったことはない。

口下手で目立つタイプでもない兆司は、モテない男だった。

人気スナック千秋のママと関係を持っているのは、偶然からだ。

互いの寂しさを忘れたい、という目的がたまたま合致したのだ。

千秋のママを抱いていると知れば、うらやましがる千秋の常連もいるだろうが、なおみにとっては都合のいい相手が、ただ近くにいただけのことだった。

しかし、なおみがこんなふうに心を揺らすとは、兆司は想像もしていなかった。

もちろん、自分の心の揺れも――。

全裸になったなおみを伴って、湯がたまりはじめたバスタブに座る。

「先に洗う？」

兆司の胸に背中を預け、なおみが聞いた。

「いや」

兆司はなおみを立たせると、バスタブのへりに腰かけさせた。

そして、膝を左右に広げさせた。

開いたとき、姫貝がチュニュッと音をたてた。

下着を脱がせたときから気づいていたが、なおみの秘所はすでに濡れていた。ショーツは愛液で股の部分が重くなり、ヨーグルトのような官能的な匂いをふりまいている。

「シャワーを浴びましょ。恥ずかしい。仕事したあとだもの。汗くさいっしょ」

なおみが股間を手で隠した。

これまでほぼ毎日、兆司に抱かれていたというのに、最後の最後でなおみが恥じらう。

その姿に、ペニスがまたヒクンと反応した。

ドクドクとはしたないぐらいに血流が送られ、幹が太くなる。
「恥ずかしいことなんかあるか。いい匂いだ」
兆司は、なおみの手を避けると、発酵のアロマが漂う秘所に口づけた。
ツンとくるにおいのあとに、濃厚な蜜の香りがやってくる。
汗と愛液が混ざり合った味が、口に広がった。
「恥ずかしいのっ、お風呂入ってないからぁっ。そ、それに、私っ」
「俺としたときのことを思い出して、濡れてたんだろ」
ローズ色の乳頭がぶるっと揺れた。
羞恥を煽る言葉で、また感じたらしい。
(スナックで景気づけの一発をしていたときは恥じらいなんてなかったのに)
スナックにいるときは、もう営業モードだったのかもしれない。
いま、ラブホテルで抱かれているなおみが、素顔のなおみなのだ。
もっと、早く知りたかった。
だったら、これが最後なんてことにならなかっただろう。
(いや、お互い、割りきっていたから続けられたんだ)
それだけ、兆司となおみの間にあった結子という存在は大きかった。

兆司は、舌を伸ばして蜜肉の中をくすぐる。

「あん……んっ……」

なおみが親指を嚙んで声をこらえていた。

「ホテルなんだ。今日は思いっきり出していい」

「でも、でも……」

なおみの裸身をまじまじと見るのは、はじめてだ。

はちきれるほど大きな胸、締まったウエスト、抱き心地のよさそうなヒップ。

男だったら夢に見るような体だ。

それを桃色に染め、なおみが体をくねらせる。

「声を出すの、慣れてないから……」

兆司は納得した。

スナックでのセックスでは、声をこらえるのがあたりまえだった。

「最後なんだ。思いっきり聞かせてくれ」

中指を蜜穴に挿れ、おさねを舌でくすぐると、なおみが声をあげた。

「あ、いい……」

下腹をヒクヒクうねらせる。

陰核を覆っていた包皮を舌でむき、いやらしいお豆をむき出しにする。

そこを舌で弱くつつくと、なおみの声が大きくなった。

「恥ずかしいのに、感じるの……」

ヒイ、ヒイと泣いているような声だった。

感じているのは、指を伝う愛液の量でわかる。

膝の高さまでたまってきた湯に、白く濁った本気汁が滴り落ちて、混ざり合う。

「恥ずかしいから、感じるんだろ」

兆司は、羞恥心をかきたてるために、ジュルルルッとみだりがわしい音をたてて吸った。

「あひっ、ひっ……」

バストトップをブルブルと揺らし、なおみがのけぞる。

兆司は指を二本に増やして、抜き挿しをはじめた。

ヌッチョヌッチョという卑猥な音と、なおみの喘ぎ声が浴室に響く。

「吸って、もっと吸ってぇっ」

兆司の頭を、なおみが抱えていた。

鼻から唇まで縦スジに埋まって息苦しい。

しかし、いまは苦しさよりも、欲望のほうが大きい。

かりたてられるように舌をめぐらせ、溢れた淫水を啜る。

「あふ、いい、いいっ、ああんっ」

なおみがのけぞり、太股を痙攣させる。

兆司は抜き挿しのテンポをあげ、とどめとばかりに陰核を強く吸った。

「ひっ……あう、イクイクッ」

ガクッと、なおみが硬直する。

それから、力が抜けた。

「いきなりイカせるなんて……」

快感に浸りながら、なおみが恍惚の表情で言った。

「激しくしてってお願いされたんだ。がんばらないとな」

「ありがと、つき合ってくれて」

なおみが笑顔を向けた。それは泣いているようにも見えた。

「あら。いいものがあるじゃないの」

視線が壁ぎわに向けられている。そこには、海で使うエアマットの大きなものが置いてあった。

「どうするんだい、これ」

「兆司さん、知らないのかしら」

なおみがあきれ顔だ。

「まあ、フーゾクに行かなさそうだし。これ、面白い遊びかたができるのよ」

なおみがけだるげに湯から立ちあがり、マットを床に敷いた。

蛇口の脇にあるアメニティの籠《かご》から小さなボトルをとり出し、それを自分の体につける。

「おお……」

なおみの体が油を塗ったようにテラテラと光った。

照り輝く裸体は、グラマラスさがきわだっている。

「ふふ。これがローション。マットの上でローションを使うと気持ちいいの。兆司さんも、こっち来て……」

膝立ちのなおみが、手を伸ばす。

兆司がマットに乗ると、なおみが手助けして横たえた。

「今度は、私がリードするから」

なおみが兆司の体にもボトルの中身をふりかける。

粘度の高い液体だが、刺激はない。
なおみが兆司の太股の上に膝立ちになり、両手でローションを塗りひろげた。
何度も肌を合わせた相手でも、ローションをつけると感触が変わる。
密着度が高くなると、快感も増す。
胸に手のひらが滑るだけで、怒張がヒクついた。
なおみの手がするすると股間のほうへ向かってくる。
期待で勃起がまたヒクつく。
しかし、手は男根を避けて太股へと下りていった。
期待を裏切られたのに、怒張からは透明な先走り汁が涎のように垂れていた。
「兆司さんも、感じてるのねえ」
なおみが妖艶《ようえん》に微笑む。
この状況のせいなのか、最後の夜だからなのか。
兆司はあまりの色気に生唾を飲みこんだ。
「じっくり、マッサージしてあげる」
なおみが兆司の腕をとった。そして、ローションにまみれた股間で挟む。
陰毛がと秘唇が腕にあたり、兆司の肉幹に青スジが浮いた。

豊臀が前後に揺れると、女裂で肌がくすぐられる。ぜいたくなマッサージだ。

「私、いつもこの右手でイカされたのよね」

ニュッ、ニュチュッと音をたてて、右腕の上を蜜肉が滑る。

右腕をローションまみれにしたあと、左腕でまた同じ動作を繰り返した。

「ラグビーをやってただけあって、いい体だわ……太い腕で……あんっ」

女性の股間で腕をマッサージされたのははじめてだが、これは癖になりそうだ。

いやらしさ、心地よさで、目眩《めまい》しそうなほど興奮している。

兆司は、だらしなく唇を開いて、なおみを見つめている。

視線に気づき、なおみが微笑んだ。

「足はオマ×コより、こっちがいいっしょ」

なおみがたわななバストの両脇に手をやり、盛りあげる。

そしてできた深い谷間で、兆司の太股を挟んだ。

「む……いい……」

思わず声が出る。

「あん……こっちも筋肉質で、ゴツゴツしてる……気持ちいいわあ」

乳房を滑らせるなおみも、感じ入った声をあげた。

太股の上を這いまわる乳房、その先端にある乳頭はしっかり芯が通り、硬くなっている。

（なおみも、このプレイで興奮しているんだな）

腕を股間でマッサージされたとき、もしかしたらローションだけでなく、愛液もついていたのかもしれない。

「ああん、期待しすぎて、お臍《へそ》にまで反り返ってるじゃない」

なおみが猛った怒張に目をやる。

期待ではちきれんばかりになった男根は、これ以上はないほど勃起している。その肉幹がついに、ローションで濡れた乳房で包まれた。

「おお、これは……」

思わず腰が浮いた。

ローションで密着度が高まっているので、乳房の柔らかさと体温をありありと感じられる。

スナックでゲン担ぎの一発をしているときも、パイズリをされたことがあったが、いまの快感はそのときの比ではない。

なおみが両手を揺すぶると、白い乳房の間から赤黒い亀頭が顔を出す。

待ちかねた愛撫を受け、分身はしとどに先走り汁を出していた。

（これは、すごい……）

ローションのぬめりがあるために、女性器に挿れたときのような快感を味わえる。ぬめりだけなら、愛液よりもこちらのほうが強い。

ヌチュ、ニチャ、ヌチャ……。

揺れる乳房が、卑猥な音を放った。

白乳の間から顔を出す赤銅色の亀頭の眺めだけでも十分いやらしいのに、感触は極上、しかも音まで凄まじい。

「首を亀みたいに伸ばしちゃって、兆司さん、意外とスケベなのね」

視線を感じ、なおみが兆司をからかう。

「こんなことされたら、誰だって見ていたいと思うだろう」

何ごとにも、いつか終わりは訪れる。

それをふたりとも予感していたから、どこかで一線を引いていたのだ。

しかし終わりだと決まったとたん、ふたりは気やすく会話をしていた。

「パイズリだけじゃないんだから」

乳房の間から亀頭が顔を出すと、なおみが咥えた。ローションと柔肌の合わせ技でもかなりの快感なのに、それにフェラまで加わった。

「うおっ……気持ちいい」

思わず呟いてしまった。

「今日はやたら素直ねえ。感じて……私もいっぱい感じたい」

なおみが乳房を動かすピッチをあげる。

まるでセックスをしているような快感が、股間からせりあがる。

それに加えて亀頭を口淫されるので、背すじがざわつくほどの愉悦を、兆司は味わっている。体が蕩けそうだ。

「出していいよ、このまま」

なおみがリードして兆司を追いこむ。

だが、兆司は身を起こした。

「どしたの」

「なおみが言ったことを思い出したんだ。激しく抱いてほしいんだろ」

パイズリでのフィニッシュもいいが、やはり出すならなおみの中がいい。

なおみをマットの上に組みしくと、太股を広げた。

（いい眺めだ……）

体の隅々までローションにまみれて光る裸身を見つめる。

太股の間に咲くワイン色の淫花は、ローションなのか愛液なのか、わからないもので濡れていた。

兆司は無言で怒張を淫花に突きたてた。

「すごい……」

「ひゃうっ」

ふたりは挿入とともに声を出した。

ローションで濡れた体は、全身が粘膜のように潤い、心地よかった。

しかし、蜜壺のぬめりと快感は桁違いによい。

兆司の愛撫と、ローションプレイで火照っていたなおみの女壺は肉棒が入ったとたんに締めてきた。ぬめって動きにくいだろうと危惧《きぐ》していたが、それは杞憂《きゆう》だったようだ。

ローションは密着度を高めるが、膝立ちができる程度のぬめりだ。兆司はなおみの膝をマットに押しつけ、腰をせりあげるようにして繋がった。

「ひいっ、ひいっ、やあっ、私のオマ×コがまる見えだわっ」

なおみが鼻にかかった声をあげた。

兆司は、なおみの腰を高くすることで、結合部がよく見えるようにしたのだ。

「ローションまみれの体に、俺のが突き刺さるのをよく見ててくれよ」

兆司はわざとゆっくり抜き挿しした。

自分がセックスしているところを、視姦させるためだ。

結子としていたときも、いままでなおみとセックスしたときも、淫らなことへの想像力は使っていなかった。

しかし場所が変わったせいか、今日はふだんと違うプレイをしたい。

(荒っぽく抱いて、とも言われたからかな)

ゆっくりした抜き挿しは、腰に来る。若いころにラグビーで鍛えた足腰のおかげで、このきつい状態でも耐えられた。

「はあっ、いい、ゆっくりなの、いいっ」

なおみがつなぎ目を眺めながら、声をうわずらせる。

女性器も緩慢なテンポに慣れたようだ。なおみのイソギンチャクがゆったりとからみつく。

(いまだ……)

兆司はいきなりテンポをあげた。

パンパンパンッ！

腰と尻が弾ける。それに、ニュチュヌチュという音がからみつく。

屈曲しているため、なおみの子宮口は浅いところに来ていた。

ローションで密着した快感を味わいながら、子宮口を連打され、なおみが狂乱する。

「ほぅっ、ふぁんっ、あんっ、あんっ、突かれるっ、ヒイ、いいっ」

女の急所を早いピッチで突かれ、前戯で達したばかりのなおみは随喜の雫を溢れさせた。

テラテラ光る乳房が、律動のたびに上下するのもいやらしい。

顔を左右にふって喘ぐなおみを見つめながら、兆司はひどく興奮していた。

「太股が濡れているのは愛液なのか、ローションなのか、どっちだい」

抜き挿ししながら、卑猥な問いを投げかける。

「ああん、そんなこと、聞かないでっ」

両手を頭の横に投げ出し、なおみは耳を赤く染めた。

「恥ずかしがってもダメだよ。ホテルに入る前から、アソコをびしょびしょにしてたんだ。愛液なんだろ」

ふだんは口数が少ない兆司だが、今日は特別だ。

荒っぽくしてほしい――その願いに応えなくては。

兆司は視姦で恥ずかしがらせ、言葉でも羞恥心をかきたてようとする。

慣れないことだが、数年来肌を合わせてきたなおみが相手だからか、言葉がするすると出る。

「愛液なのっ、そうなのっ……いやらしいんだわ、私っ」

己が淫らだと言葉にしたとたん、なおみの締まりがまたきつくなる。

羞恥心は愛欲のスパイスになるようだ。

兆司はイソギンチャクの甘美な責めに遭いながら、抜き挿しのテンポをあげていく。カリ首まで抜くたびに、白濁した蜜汁がかき出された。

「スケベだから、本気汁が出ちゃうの、はぁんっ、はぁんっ」

透明なローションで照り輝く尻や太股に、なおみの本気汁が白い点をいくつも作った。

本気汁が出るほど感じているだけあって、イソギンチャクはペニスをくるんで噴火を促している。

「このスケベなアソコに、出してほしいかい」

兆司が問うと、なおみが顔を縦にふった。

「出して……真っ白にしてぇっ」

なおみが腰をクイクイくねらせる。

兆司は本格的に腰を律動させた。ズンズンと女体の奥深くを突きながら、ピッチをあげていく。

「ひ、ひっ、オマ×コが兆司さんでいっぱいだわ、ひっ、ひっ」

なおみの胸がブルルッと震えた。

絶頂が近づき、体のそこかしこが痙攣している。

肢体の痙攣に合わせて、女壷も不規則に強い締まりを放つようになってきた。

背すじに鳥肌が走り、腰に熱がたまる。

「イク……イクぞ……」

ヌチュ、パンッ、パンッ、ヌチュッ！

ローションと愛液がいやらしい音を放つ。

早いピッチのピストンを受けて、なおみが光る喉をさらした。

「いやあ、イク、イクわ、すっごく感じて、もうイクッ、イクーッ」

なおみの背が、優美なアーチを描く。

兆司はとどめとばかりに、強い突きを一発放った。

「あひいいっ」

なおみがガクンと動きを止めた。

イソギンチャクが兆司の男根にきつくからみつく。

「イク……出るぞ……おおおおっ」

兆司の腰がヒクついた。

ドクッ、ドクンドクンドクンッ！

たった一日なおみと肌を合わせていなかっただけで、大量の精液がたまっていた。女壺を埋めつくすほどの大量の樹液が、なおみの中に注がれた。

3

「あんっ、また出てきちゃった……」

ベッドに横たわり、缶ビールを飲んでいた兆司のもとに、バスタオルを巻いたなおみがやってきた。

なおみが視線をやった先は、自分の太股だ。

そこを、白い樹液が伝っていた。

「いっぱい中で出されたから、溢れちゃったわ」

ふたりは、ローションプレイで達したあと、風呂で互いの体を洗った。

兆司は先に出て、冷蔵庫にあったビールで喉を潤している。

「もう十分かい」

「そんなわけないっしょ」

なおみがベッドに滑りこんできて、兆司の胸に顔をつけた。

「はじめてね、こうやってゆっくりするの」

「そうだな」

「もっと早くこうしてれば、ちょっと違ったのかな」

兆司は答えられなかった。

螢という触媒がなければ、居酒屋銀の常連だった美春も、開店前のゲン担ぎを求めてきたなおみとも、それまでどおりの関係だったと思う。

螢が来たから、これまでどおりではいけないとみな思ったのだ。

兆司も含めて――。

「やっぱり、あの人なのね。妬けるわ。こっちが先に唾つけた男なのに」

なおみが笑顔で言う。

笑顔だからやりすごせるが、真顔で言われたら、兆司も困るところだった。

（どこまでも気を配るんだな……）

スナック千秋を継いで、先代よりも流行らせたのは経営手腕だけでなく、この心づかいもあってのことだろう。

兆司との最後の夜だというのに、湿っぽさはまったくない。

それが、なおみの優しさなのだ。

体だけの繋がりだと強調して、兆司に負い目を感じさせないつもりなのだ。

（そんななおみに俺がしてやれるのは……）

願いどおりに激しく抱くことだろう。

兆司は、なおみが風呂に入っている間に、自動販売機であるものを買った。

枕の下に隠していたそれをとり出し、なおみの腕をとって手首にまわした。

なおみの両手には、ぬいぐるみのようにフワフワした白の手錠が巻かれている。

「兆司さん、これ、何」

「見てのとおりだよ。手を少し不自由にしたんだ」

金属製の手錠をフワフワした素材でくるんだ大人むけのおもちゃだ。

「こんなの持ってたなんて」

拘束されたなおみは、期待に満ちた目で兆司を見た。

「今日は荒っぽいのがいいんだろ」

兆司は掛布団を床に落として、なおみの足下にまわると、バスタオルをはぎとり、全裸にした。

なおみは右膝をくの字に曲げて、秘所を隠す。

「アソコから精液を垂らしてるのに、いまさら隠してどうするんだ」

「いじわるね……」

そう言いながら、なおみの呼吸は早くなっていた。

「いじわるされるのが好きなんだろ」

「お見通しなのね」

なおみがせつなげに兆司を見る。

「嫌いになるくらい激しくしてほしいって言ったのは、気持ちにふんぎりをつけるためと……いままで秘密にしていたけれど、そうやって抱かれるのが本当は好きだからなの」

「こういうのが好きってことだろ」

兆司が手錠に目をやった。なおみの腕がかすかに動くと、カチャカチャッと金属音が鳴る。非日常的な音に興奮した。

「……そうなの」

なおみの声がうわずっている。

かなり期待しているようだ。

「明日――いや、今日か。今日の仕事にさしつかえるかもしれないぞ」

兆司がなおみをうつ伏せにして、尻を掲げた。

ブルンとした桃尻の間、ワイン色の陰裂から白濁液がジュワッとにじんで滴っている。栗の花のにおいと、淫水の香りが鼻をくすぐった。

「たたいてぇ、お尻……」

なおみが尻をふりながら言った。

「たたかれながら、突かれたいのか」

「そう。一度、兆司さんにそうやって抱かれたかったの」

なおみを数年抱いてきたのに、マゾッ気があることに気づかなかった。

目先でしかなおみを理解していなかった自分に、兆司はあきれた。

「そうか……じゃあ、望みどおりに」

ボリュームのあるヒップの谷間で光る陰裂は絶景だった。

そのために男根はミミズのような太い血管を浮かせるほど興奮している。

兆司は猛る肉棒を蜜壺にあてがい、ズブリと貫いた。

「きゃあんっ」

なおみの大きな乳房が、ぶるっと揺れる。

肉鼓が音を放つほど、腰を強くぶつける。

突き出された尻の奥では子宮口が出迎えていた。亀頭がノックすると、なおみが凄艶《せいえん》な声をあげた。

「ぶって……ぶたれたいのっ」

なおみが律動を受けながら、兆司に切願した。

兆司はピストンしながら、なおみの尻を平手で軽く打った。

「あひっ、いいっ……」

蜜壺がギュンと締まる。

(たたかれるのが好きだと、こんな反応になるのか)

セックス中に女性を打つなど、したことがない。

なので、どんな反応を示すか想像もつかなかった。

「もっと強くていいっ。兆司さんを忘れられないくらいたたいてっ」

兆司は腰を繰り出しながら、なおみの尻を交互に打った。

「あふっ、ううっ、いいっ」

打たれて赤くなった尻を揺すぶりながら、なおみが甘い声を漏らす。

感度があがったのか、肉巾着の窄《すぼ》まりがきつくなる。

男の快楽を刺激する甘美なうねりに、兆司の額に汗が浮く。

ヌポッヌポッとカリ首が淫肉を擦ると、音とともに蜜汁と樹液がかき出され、シーツの上に滴った。

「これでいいのかい」

「いいのっ、わ、私、こうして兆司さんとしたかったからっ」

蜜壺が熱くなり、媚肉がくるんできた。

それはなおみが、芯から感じている証だった。

肉襞がピストンで出し入れされるペニスを放さないとばかりに蠢いた。

「こっちも……いいっ」

バックは正常位と締まりが違うので、それだけでも気持ちいい。

そのうえに、このいやらしい眺めだ。

反り返ったペニスは蜜肉の肛門側をくすぐりながら、なおみをかき乱す。

パンパンと響く濡れた破裂音に、なおみの喘ぎ声が重なった。

最後の一夜だからか、ふたりはいつになく燃えている。

「ああ、またイクのっ。そんなに中で暴れられたら、イクのっ」

子宮口を突かれつづけ、なおみが背すじを震わせた。

「あふあふっ、ああっ、い、イクウウッっ」

なおみがグイーッと背すじをのけぞらせ、あごをうわむけた。

ブシュッ、ブシュッとつなぎ目から淫水がシャワーのように噴き出す。

「ベッドがびしょ濡れだ。どうするんだ」

兆司がなおみの尻をペチペチたたきながら、律動を繰り返す。

「あふ、たたかれながら突かれると……またせつなくなるっ、ひっ、ひっ」

なおみが肩越しにふり向いた。

愛欲で濡れた唇が、キスを求めて半開きになる。

なおみの相貌は哀しみと淫らさが相まって、凄絶な色気に満ちていた。

兆司の陰嚢が射精のためにぐっとあがる。背すじに決壊の予感がかけぬける。

兆司はなおみの唇にキスをすると、己の舌を入れた。

なおみも舌で、熱烈に応えてくれる。

「むう……兆司さん、好き……好き……」

くぐもった声だが、なおみが何を言っているかはわかった。

これが、なおみが隠しつづけた本心なのだ。

男として応えることはできないが——快感だけなら与えられる。

兆司はキスをしたまま、ラッシュを繰り出した。

「むふう……ふうっ。すごい、いい、イク、イクイクのおおっ」

なおみが口を離して叫ぶ。

兆司は腰を抱えると、奥深くに男根を突き入れた。

「出る……出るぞっ」

ドクンッ！

分身が女壺で跳ねた。

「染まる……兆司さんがいっぱい来てる……ああ、あああっ」

蜜壺を精液で満たされ、なおみは頬にひとすじの涙を流して達した。

4

兆司が家についたのは、朝の七時だった。

結局、三回もセックスしてしまった。腰がだるい。

なおみと兆司は、別々に呼んだタクシーでそれぞれの家に帰った。

兆司は銀の裏口の鍵を開け、足音を忍ばせて二階にあがった。

襖を開けると、居間に布団が敷かれており、そこに螢が眠っていた。

螢はいつもなら起きている時間なのだが、今日は朝寝坊をしているようだ。

朝帰りした兆司は、螢と顔を合わせるのが気まずかったが、ひとまずそれは避けられたようだ。

ほっとひと息つく。仏間の襖を開け、兆司は服を脱いだ。

Tシャツにスウェット姿になり、布団に入る。

しこみや買い出しがあるから、十時には起きなければならないだろう。

(三時間でも眠ろう……)

そうしなければ、体が持たない。

なおみの肌のぬくもりが残っていた。
そのせいで、まだ体が火照っている。
なおみが隠していた本心は、これからもずっとふたりだけの秘密だ。
(不器用な男で、すまない)
もっと早くわかっていれば、違った結末があったのだろう。
しかしもう、心は螢のほうへ向いている。
叶うか叶わないかではない。止められないのが、きっと恋なのだ。
(結子、すまん)
火照りがおさまらず、すぐに眠れないかもしれない、と思ったが——。
ハードな一夜を過ごしたためか、すぐに瞼が下りた。

第五章　仏壇の前で

1

兆司は頬にあたる風で目を覚ました。

仏間の窓が薄く開けられ、カーテンが風をはらんだワンピースの裾のように大きくふくらんでいた。

昨日はなおみと最後の一夜を過ごしたあと、疲れてぐっすり眠ってしまった。螢の香りが残る部屋で目覚めて、胸がキュッと苦しくなった。

いい年をして、初恋のようだと苦笑する。

（なおみが自分の心に区切りをつけたように、俺もあの人に思いを告げよう）

兆司は仏壇に線香を立て、結子に手を合わせた。

告げたら、この生活も終わりになるかもしれない。

しかし、己の心を隠して生きつづけるには、人生は短い。

うまくいったとしても、結子にあの世で怒られるかもしれない。

ただ、結子ならわかってくれるような気がした。

実際、兆司が逆の立場なら、生きている結子には幸せになってほしいと思う。

枕もとの目覚まし時計を見て、兆司は驚いた。なんと、もう午前十一時だ。

（店の準備を急いでやらなければ）

そこで、今日は定休日だったと思い出した。

ひと安心したところで、違和感を覚える。

家が静かだ。

人の気配がない。

「螢さん……」

階段を下りてみたが、店にも螢の姿はない。

兆司が朝寝坊すると、螢が朝食を二階のキッチンで作ってカウンターに置いておくようになっていた。

カウンターには、ラップをされた卵焼きに、おひたし、漬物の小鉢と、箸が並べられ、茶碗《ちゃわん》と汁椀が伏せて置いてある。

コンロの上には、ひとり分の味噌汁が作ってあった。

買いものに行くのなら、いつも書き置きを残していく。

胸騒ぎがした。
慌てて階段をのぼり、居間のテーブルを見る。そこには何もなかった。
螢の鞄が置いてあったところを見る。
肌が一気に冷える。螢の荷物が消えている。
兆司は携帯電話を出して、螢の電話番号を呼び出した。
通話ボタンを押したが、電源が入っていないメッセージが流れるだけだ。
(こうなることは、わかっていたじゃないか)
膝から力が抜けそうになるのを、兆司はグッとこらえた。
ふらりと店に来た、結子によく似た女。
その女と、ひと月ばかり同居した。ふたりの間に何があったわけではない。
螢は過去を深く話さず、ただここで働いた。
店主と従業員、それだけの関係だった。
一度も、この腕で抱きしめたことはない。
事情によって同居しただけで、本当に何もなかった。
(すぐに消える……光、だったのか)
兆司の胸に宿った灯火《ともしび》が、夏の螢のようにふっと消えた。

螢のような女が、居酒屋銀のわずかな時給で居つくなど考えたらおかしな話だ。次へ飛び立つために羽根を休めるため、少しいた。それだけなのだろう。遺影の結子とふたり、また暮らせばよい。

それだけのことだ。

しかし心に吹く秋風が、やたら冷たい。

カウンターの奥にある酒に目がいく。

心が弱っているときに飲みはじめると、止められなくなる。

ここで酒に逃げたら、結子に笑われる。

——お酒は楽しく飲まなきゃダメよ。

癖の悪い飲みかたをする客をたしなめるときに、結子がこう言っていた。

いま飲みはじめたら、ただ溺れるだけの酒になる。

兆司は頭をふって、アルコールを求める心をふりきった。

(いまはここから離れよう……)

兆司はふらつく足で店を出て、商店街にある喫茶店シェリーへと向かった。

「いらっしゃい」

老齢のマスターが、白シャツに蝶《ちょう》ネクタイ、そしてベストというスタイルでコーヒーを淹《い》れている。

仕入から焙煎《ばいせん》まですべてこなす老舗《しにせ》で、商店街の朝の社交場だ。

飲みものがメインだが、トーストなど簡単な食事ならとれるので、午前中は新聞を読みながらコーヒーを飲む常連が多い。

「おう、兆司さんじゃないか。珍しいね」

森が奥のテーブルにいた。

スポーツ新聞を読みながら、ゆっくりコーヒーを飲んでいたようだ。

「顔色が少し悪いようだが、飲みすぎたかね」

森を無視してカウンターに座るのも悪い気がして、兆司は森の向かいに座った。

「まあ、いろいろありまして」

「マスター、ブレンドをお願いね」

兆司の分を頼んでくれたらしい。

ひと目見ただけでも悄然《しょうぜん》としているとわかるのかと、兆司は自分が情けなくなった。

マスターがサイフォンの下のアルコールランプに火をつけた。

その間に、ステンレス製のピッチャーからお冷やを入れて兆司の前に置く。

兆司は水を一気に飲んだ。

アルコールへの渇きをそらすため、刺激が欲しかった。

「おやおや、どうしたんだい」

森がスポーツ新聞を畳んで隣に置いた。

「螢さんが、出ていきまして……」

兆司は正直に言った。

常連には遅かれ早かれわかる話だ。

居酒屋銀に来たら、螢がいなければ、どうしていないのか話題になる。

それほど、螢は銀にはなくてはならない存在になっていた。

森がコーヒーを飲む手を止めた。

「……そうかい」

それだけだった。

みな、螢が長くいるとは思っていなかったのだろう。

それでも、ずっといてくれたら——そう思う存在だった。

そのことは、森の落胆から感じられた。

「しばらく、寂しくなるね」

コーヒーをひとくち飲んだあと、森が呟いた。

「そうですね」

居酒屋銀の味は、結子がいなくなってからも落ちてはいない。

兆司ひとりになって、接客が悪くなったわけでもない。

だから、常連は離れなかった。

ただ螢が来て、店に活気が戻ったのはたしかだ。

客のグラスが空きそうだと声をかけ、おかわりを作るか、様子を見てお冷やをさし出すか判断し、その気働きがよいので、客は心地よく飲めた。

注文を受けたときの明るい返し、世間話の受け答え、それがあるだけで店の空気は変わる。

「螢さん、長くいてくれると思ったんだがなあ」

森がぽつりと言った。

ふたりは、しばし無言になった。

「ふんぎりがついたら旅立つような話はしていましたから」

「だけどね、この間、小樽にある小さな酒屋の本醸造を飲ませてくれるなんて話をしてくれたんだよ。それで、俺はすっかりその気だったんだ」

森は日本酒に目がなく、うまい酒と聞いたら飛びつく。

「それは初耳でした」

「小樽に知り合いでもいるのか、俺も聞いたことのない酒蔵の話をしてくれてね。モツ焼きに合う本醸造があるんだと。それで俺が飲みたいと言ったら、大喜びで先方に連絡を入れていたよ。まだ通販をしていなくて、現地じゃないと買えない酒だから、手に入れてきますって」

「それはいつの話ですか」

「おといだよ」

マスターが兆司のブレンドをテーブルに置いた。

兆司は頭をはっきりさせたくて、コーヒーを口に運んだ。

コーヒーの香りが口内から鼻腔《びこう》へと抜け、脳髄を刺激する。

舌に触れる爽やかな苦みが、覚醒《かくせい》を促した。

「では、そのときまでは、いる気だったたってことですよね」

「そうだろうね。その辺の事情は兆司さんが知ってるんじゃないのかい」

「それが……何も書き置きすらなくて、いなくなっちまって……」

「……そうかい。それは残念だ」

兆司はコーヒーを飲みほすと、代金を置いて店をあとにした。

森から聞いた話だと、おとといまで螢の様子は普通だったという。

(昨日、俺がなおみと出かけたからか)

螢は気が利くだけに、その辺も理解が早そうだ。

(なおみや美春といろいろあったけれど、それもこれも螢さんが来たからなんだ。俺の心があなたに行っていたから、みんな嫉妬したんだ)

そう告げたい相手が、もういない。

ひとりに慣れたあとだけに、寂しさは身を切るようだ。

喪失の痛みは、何度味わっても慣れないものだった。

2

「夜にあんなこと言っておいて、またやりなおしたいってかい」

景気づけの一発の時間に、兆司は自らスナック千秋に赴いた。

なおみはおしぼりを目に乗せて、横になっていた。ドアが開閉する音でおしぼりを一度はずして兆司の姿を見ると、またおしぼりを乗せなおした。

「……そんなところだ」

「思ってる女がいるんでしょ。まったく、何やってんのさ」

「消えた」

「ええっ」

なおみが、おしぼりをはずして兆司を見た。

目のあたりが赤くなっていて、少し腫《は》れている。それでは仕事にならないので、冷えたおしぼりで目の腫れをとっていたのだろう。

「螢さんが消えたの」

「ママとの関係を知って……邪魔だって思ったのかもしれない」

なおみがへの字口になった。

てっきり邪魔者がいなくなって喜ぶのかと思ったのだが、違うようだ。

「いい夢を見たよ。少しの間だけ……幸せだった」

なおみが煙草に火をつける。

「フッた女相手に、見せつけてくれるじゃないの」

「すまない」

「いいわよ。そんな鈍さも好きだったから。それにしてもね、いきなりいなくなったからってすぐに諦めるのはどうなのよ」

横目でにらまれ、兆司は黙った。

「私が兆司さんを諦めたのは、螢さんがいたからよ。こっちは必死で諦めたのに、兆司さんはなんにもしないで諦めるの。諦めがよすぎるわよ」

「俺がいろんな女を渡り歩いているのを知って、いやになったのかもしれない」

それを聞いたなおみが、

「本当に女心がわかってないねえ。結子さんもよくこんなのと結婚したもんだ」

と、大声を出した。

「螢さんはね、誰かと関係を持ってようが口出しはできないって思っていたはずだよ。出しゃばらないし、自分が兆司さんの女でございますなんて顔もしない。そうする資格がないとわかっていたのよ。それにね、いやな男だったら、一カ月も一緒に暮らしたりしないよ」

「そうなのか」

なおみが、ため息をついた。

「どこまでも鈍いのね、兆司さんは。あんたがいちばんに思ってるのが結子さんで、それは変わらないことはみんな知ってるの。螢さんもね。だから螢さんは、カウンターに入ったことないでしょ」

言われてみればそうだった。

カウンター内は兆司と結子の聖域だと常連の話から聞いたのか、螢は入ろうとしなかった。

「螢さんがどう思って消えたかはわからないけど、私のことなんかじゃないよ。もしかしたら、結子さんとあなたの間に入れないってことがつらかったんじゃないのかしら」

螢を女性として見たら同居しづらいだろうと思って、あえて見ないようにしていた。しかし匂いや音や、気配や体温が、その存在とぬくもりを伝えていた。螢の存在は、居酒屋銀や二階の居室になくてはならないものとなっていたのだ。

「螢さんも、俺のことを……」

「知らないよ、そこまでは。男と女のことは本人どうしじゃなきゃわからないっしょが。いちばんわかってるのは兆司さんのここ。自分のここに聞いてみなよ」

なおみが赤いネイルのついた人さし指で、兆司の心臓のあたりをつついた。

「兆司さんはどうなの。私をフッてまで欲しい人は誰なの」

なおみの猫のような目が、兆司を見つめていた。

兆司は意を決した。

「行ってくる」

行くとしたら小樽だ。

手がかりは、それしかない。

兆司は車を持っていないので、こういうときは秀樹に借りることにしている。

仕事中に車を貸してくれといきなり電話が来て、秀樹は驚いたようだが、事情を話すと快諾し、事務所に行けば鍵を借りられる手はずを整えてくれた。

秀樹の会社から、車を走らせる。少しでも早くつきたくて、大沼公園《おおぬまこうえん》インターチェンジから道央《どうおう》自動車道に入った。

ナビを、ネットで調べた小樽の酒造会社に設定した。三時間ほどのドライブだ。

螢のいない居酒屋銀からは、ぬくもりが消えていた。

小さな店でも冷えびえとし、二階のたったふた間の広さを兆司は持てあました。

最初は違和感のあったふたり暮らしも、いまでは螢の気配がなければ落ちつかない。いつかは出ていくと聞いていたから当然だとしても、いまは出ていってほしくない。

この思いを聞いてほしい。

螢は兆司にとって、いなくてはならない人になっている。

焦りのせいか、時間がやたら長く感じられる。

かなり運転したと思ったが、時計を見て驚いた。

まだ二時間しかたっていない。

腹が減ったので、途中の静狩《しずかり》パーキングエリアに入った。自販機とトイレだけのパーキングエリアでも、甘い缶コーヒーなら手に入りそうだ。

そこでようやく、車載ホルダーにつけていた携帯電話にメッセージがいくつか入っていることに気がついた。

尾形からの着信だ。

「電話したか」

「おう。今日は忙しそうだな。安全運転してるか」

尾形がいつもの憎まれ口をたたく。

「用はそれだけか」

「螢さん、いなくなったんだってな」

兆司が車を借りたとき、秀樹に理由を話した。兆司の声に落ちつきがなかったので、秀樹は心配になり、尾形に連絡をつけたのだろう。

「ああ、そうだ」

「小樽にいると踏んでるのか」

「そんなとこだよ」

「小樽にゆかりはなさそうだが、いいのか」

尾形は警察官だ。勝手に他人の情報を見るのは違法だが、何か理由をつけて調べたのかもしれない。

「そうか。でも、小樽に行くようなことを言っていたから、とりあえず行くよ。まさかと思うが……事故か何か聞いてないか」

結子のことが頭にあった。螢が実は事故に遭っていて、病院に運ばれていたら――そんな恐怖が兆司をとらえていた。

「聞いてねえな。わかってたら、いのいちばんにおまえに知らせるさ」

尾形がぼそりと言った。

「螢さん、札幌《さっぽろ》に縁があるようだ。小樽はわからねえが」

遠まわしに情報をくれている。

「気負うなよ。空振りしてなんぼだよ、人捜しなんて」

それで電話は切れた。

兆司は缶コーヒーを買って乗りこむと、アクセルを踏んだ。

秀樹の車を事務所に返し、兆司は疲れた足を引きずるようにして居酒屋銀へと歩いていた。

小樽では空振りだった。

酒蔵の販売所で螢のような女性客がいたか聞いたが、いまは若い女性にも日本酒が人気で、買いに来る客が多いらしい。

何人か女性客がいた。それで話は終わった。

螢が好きだと言っていた小樽を歩きまわったが、見あたらない。

日が暮れても小樽にいたが、時間切れだと思った。

兆司は、また数時間かけて函館に戻ってきた。

日曜日の道央道は行楽客が多く、帰りは混んでいた。

スナック千秋はいつもどおり賑わっている。帰りの客を見送りになおみが外に出ていた。兆司の疲れがにじんだ顔を見て、少し心配そうな顔をする。

（また来週、探しに行こう）

兆司は居酒屋銀の裏口へとまわった。

鍵が開いている。

兆司は鍵を閉めるのを忘れるくらい慌てていたのかと、自分が情けなくなった。

ドアを開け、中に入って鍵を閉めた。

酒を飲みたいと思った。しかし、その思いをふり払った。

結子のように完全にいなくなったわけではないのだ。

いつか、きっと会える。

だから、そのときまで、頭も心もすっきりさせていよう。

(烏龍茶でも飲むか)

店に入ったとき、声をかけられた。

「兆司さん、おかえりなさい」

カウンターの外に、紺のワンピース姿の螢がいた。

兆司は驚きで息が止まりそうになる。

螢は胸もとがVネックで、ウエストが締まったデザインのワンピースを着ていた。最初に店に来たときに着ていたものだ。裾がふんわりと広がっているデザインで、紺色が色の白い螢をさらに可憐《かれん》に見せている。

螢はスツールに腰かけ、烏龍茶を飲んでいた。

その前には、酒蔵のロゴがプリントされた紙袋が置いてある。一升瓶の日本酒を三本ほど買ってきたようだ。

店にいるときのあっさりした化粧ではなく、今日はよそ行きのしっとりしたメイクを施し、髪をアップスタイルにしている。

「螢さん……」

兆司はかけ出していた。カウンターからまわりこみ、螢の前に立った。

「どうしたんですか、兆司さん。何かありましたか」

「俺、あなたがいなくなったと思って、小樽まで探しに行ったんです」

それを聞いて、螢の瞳が揺れた。

「私を……探しに？」

「あなたが出ていったと思ったんです。俺ひとりでは店も、部屋も広すぎて……手に負えないと思って探したんです」

兆司はぽつりぽつりと語った。心から言葉は溢れるのに、ふだん口に出さないせいか、唇が追いつかない。

「まさか、出ていくなんてしないですよ。ああ、そうか。メモが落ちてました」

螢が兆司にメモを手渡した。

メモには、

——兆司さんにおすすめしたいお酒があるので、小樽まで行ってきます。夕方には帰ります。

と書いてある。

「どこに……」

「居間のテーブルの下です」

今朝は風が吹いていた。秋風のいたずらで書き置きが飛んでしまったのだ。

「携帯電話、電源が入ってないから……連絡を絶たれたかと」

「電源入れるの、忘れちゃったんです。私、うっかりしていて」

螢が恥ずかしそうに微笑む。

そうだった。螢が兆司のところに最初に泊まったのも、財布と携帯電話を忘れたからだ。

「レンタカーで小樽まで行って、買ってきたんです、尾形さんと森さん好みのお酒。あと一本は、兆司さんが好きそうな日本酒です」

「ここを出ていったわけじゃないんですよね。そうですよね」

「……出ていったほうがいいですか」

螢の顔がこわばる。

「まさか。もうどこにも行かないでください。ずっと、ここにいてください」

兆司はまた一歩前に出た。

螢は顔をほころばせた。

「私、兆司さんの喜ぶ顔を思い浮かべて帰ってきたんです。スピード違反ギリギリのスピード出しちゃいました。早く帰りたくて」

螢が兆司の顔を見た。瞳には、それまでにない熱があった。

「俺の喜ぶ顔が見たいって……それって……」

螢がうなずいた。

「兆司さんが許してくれるなら……ずっとここにいさせてください。あなたが私の帰る場所なんです」

ふたりの視線がからみ合った。

兆司は螢をきつく抱きしめた。

螢も兆司の背中に手をまわす。

そして、ふたりは唇をゆっくりと重ねた。

3

兆司は、螢を伴って階段をあがった。

そして、布団を敷きっぱなしにしていた仏間にもつれこむ。

また深く、深く口づけた。

螢の唇は柔らかく、甘い。

唾液をたっぷり送ると、螢もまた溢れんばかりの唾液を兆司の唇に注ぐ。

交互に唾液を送り合ううちに、唾液は混ざり合い、どちらのものかわからなくなる。それほど、濃厚なキスだ。

ワンピースの脱がせかたがわからず、兆司は服の上から胸に触れた。

手のひらでは覆いきれないほどの肉丘だ。

はじめて触れる螢の感触に、ペニスが脈打つ。

股間が痛くなるほど、いきり立っている。デニムなので、なおさらだ。

兆司が膝をすり合わせているのに、螢が気づいた。

「苦しいなら、まずはお口で……」

「螢さん、それは……」

兆司が肩に手を置き、やめさせようとする。

「……私だって、ずっとしたかったんです」

欲望に満ちた視線で、螢が兆司を見ている。

男だけが欲望を持つわけではないのだ。

螢にも、しっかりと欲望はある。

「フェラチオしたがるような女は嫌いですか」

目を伏せて、螢が頬を赤らめた。

「嫌いじゃないです。むしろ……してほしかった」

兆司は正直に白状した。

螢がふっと微笑む。兆司に見せたことのない妖艶な微笑みだ。

(こんな表情もあるのか……)

違う一面を見て、兆司の心が躍る。

螢が兆司のデニムのボタンをはずし、ジーンズとトランクスを下ろした。

バネじかけのように、硬直した肉茎が飛び出す。

「兆司さんの匂いがする……」

螢が口を開いて、兆司を咥えた。

「おお……」

愛情を抱いている相手からのフェラチオで、背すじに歓喜が走る。

「ジュル……ジュジュジュ……」

頬をへこませ、螢が亀頭を吸う。

敏感なカリ首に走る愉悦に、兆司の額に汗が浮く。

アップにした髪がほつれ、顔に後れ毛がかかる。

兆司は螢の顔を見ていたくて、髪の毛をうしろに撫でつけた。

髪に触れられ、螢が兆司を見る。愛欲で瞳は潤み、目もとは酒を飲んだように赤らんでおり、途轍《とてつ》もなく色っぽい。

「むうう……ふぅんっ」

螢が、ため息を漏らした。

兆司のペニスがふくらんだのを、口で感じたからだ。

吐息が荒くなり、首の動きが大きくなる。

(なんて眺めだ)

首をくねらせながら、フェラチオをする螢から、仕事中の楚々としたものが消えていた。

螢の頰に亀頭があたり、ふくらむのを眺めていると、淫心がかきたてられる。

「螢さん、俺もあなたを舐めたいです」

「お風呂に入ってないから、ダメです」

チュポッと音をたてて、ペニスから口を離し、螢が言った。

「俺だって……汗くさかったでしょう。おあいこですよ」

「それとこれとは違うの」

螢が真っ赤になる。

兆司は螢をこれ以上恥ずかしがらせないか、それとも欲望に身を任せるか一瞬悩んだが——欲望をこらえることはできない。

「俺だって舐められたんだから、こっちだって舐めてもいいでしょう」

螢を押したおして、ワンピースの裾をまくりあげる。

「恥ずかしいから、ダメなのっ」

手で裾を押さえようとするのを兆司は無視して、螢の腹の上にワンピースの裾を置いた。

「きれいだ……」

足は長く、太股から尻にかけてはむっちりと肉がついている。

肌色のストッキングに包まれた太股の奥に、白いレースのショーツがあった。

そこから、黒い茂みが透けて見えている。

(あっ……)

茂みは、ストッキング越しでもわかるほど濡れていた。

股のあたりの色が濃くなって、こってりした発情のアロマを放っている。

「汗のにおいも、愛液の香りで吹き飛んでますよ。こんなに濡らして」

兆司が人さし指で陰裂を撫でた。

「あうっ」

螢の肩が跳ねる。

「ダメ、ダメ……」

うわごとのように、螢が繰り返す。

兆司はそんな螢の腰を抱えて、自分のほうへ引きよせた。

「ああんっ」

愛液の香りが濃くなる。

兆司は螢の尻の下に枕を入れて、腰の位置を高くした。

これで螢は秘所を舐められるところを眺められるはずだ。

「かわいい匂いだ」

兆司はストッキングを脱がせ、布団の脇に放った。

螢の肌は熱くなり、胸の上下が早くなる。

(俺に見られて、感じてる……)

ジュワッとショーツの間から、透明な雫がにじみ出た。

もう、我慢できない。

ショーツを脱がせ、秘所にむしゃぶりついた。

「やんっ……恥ずかしいのっ」

愛液を啜られ、螢が身もだえる。

兆司は首を細かく左右にふり、秘所に刺激を与える。

「兆司さんには、きれいな私を抱いてほしかったの」

螢は陰裂を手で隠そうとする。

その手に、兆司は己の手を重ねて、左右に開かせた。

「螢さんは、いつもきれいですよ」

愛液で光る唇で、兆司は答えた。

ふたりの指がからみ合った。

「ああん……」

螢が満足げな吐息をついた。

もう、抵抗をやめたようだ。兆司は唇を陰唇につけると、じっくり押しつける。

キスのようについばんでから、今度は舌を女壺に挿れた。

「つく……んっ」

螢の腰が動く。

からみ合った螢の指に力が入る。

感じている螢に気をよくして、兆司は舌を蠢かせる。

「あう……いいっ……」

清楚なワンピース姿であられもなく喘ぐので、眺めのいやらしさが増す。

快感の深さは、溢れる愛液でもわかった。

サラサラしたものが、ねっとりした色の濃いものに変わっている。

兆司は、ゆっくり味わうように蜜汁を吸った。

「いい……兆司さん、気持ちいいですっ」

螢の視線を感じた。

(見ているんだ……俺が舐めているところを)

見つめ返すのが少し怖い。

欲望に満ちた自分の顔を見て、あきれられはしないかと、そんなことを考えてしまう。

「兆司さん……」

甘い囁きに負けて、兆司は螢の顔を見た。額に汗を浮かべ、幾すじかの髪が頬に貼《は》りついている相貌は、艶やかで美しい。

そして、その瞳はあたたかかった。

「すごく気持ちよくて……ああ、あああっ」

兆司と目が合ったとたん、感度があがったらしい。

羞恥心をかきたてられたせいだろうか、蜜汁の味が濃くなった。

兆司は陰裂に挿れていた舌を、今度は陰核にあてがった。

「ひゃうっ……」

螢がのけぞる。反射的に腰で逃げようとするのを、兆司は組み合わせた手を引いてとどめた。

芯の通ったおさねを、チュルチュルと音をたてて吸う。

「くう、ひうっ、いい、いいですっ」

螢が全身をうねらせ、快感を伝える。

手を組み合わせているので、指で愛撫はできないが、舌でも螢は十分感じている。とがった陰核に舌を押しあてて、左右に首をふった。

「あう、あううっ……も、もうっ」

腰がヒクつく。

兆司は頃合を見て陰核に唇をつけると、強く吸った。

「くう……うううっ」

螢の足がピンと伸び、親指がくの字になる。

「あふ……」

そして、ため息とともに弛緩《しかん》した。

指の力が抜け、組み合わせていた手が離れる。

「舌だけでイッちゃいました……」

螢は愛欲でぼかしたような瞳で兆司を見た。

「あなたがイクところ、見てました……きれいでしたよ」

兆司が淫水で濡れた唇を近づけると、螢が目を閉じた。

己の愛液を味わわせるように、キスをする。

舌が出迎え、兆司の歯列を撫でた。

口づけをしながら、兆司は螢の足の間に腰を入れた。

そして、陰裂に亀頭をあてがう。

螢の目が薄く開いた。

「いいですか」

兆司がたずねると、こくりとうなずく。

「もちろん……」

腰を進めると、ヌチャッと音をたてて、肉壁が左右に開いた。

兆司を待ちわびていた女壺は、すぐに熱くくるみこんでくる。

「あ……大きいっ」

螢が眉根を寄せ、呟いた。

嫌悪ではなく、予想外のことに、とまどっているように見える。

「あなたの中も、きついです」

兆司が囁くと、螢がふわっと微笑んだ。

「うれしい」

螢が兆司の背中に手をまわす。
兆司は螢の細腰を抱えた。
グチュッと音をたてて腰を進めると、蜜壺の奥にある肉ざぶとんに触れた。
「くうっ……いいっ」
奥を突かれて、螢が喘ぐ。
額には霧を吹いたように汗が浮いている。
肉壁はらせんを描くようにからみつき、放れない。
(螢さんがこんなにも俺を求めている)
歓喜で心がわいた。
兆司はそれを表情ではなく、腰の動きで伝えることにした。
ニュ……ズチュ……ッ。
きつい締めつけに抗うように、ダイナミックに腰を引いた。
「あふっ……ふうっ」
螢が兆司の背中に爪を立てる。
カリ首まで引きぬいたところで一気に突き入れる。
振幅の大きな律動を、スローテンポで繰り出した。

「すごいっ。大きいのでアソコがいっぱいですっ」

まだ、螢は敬語だ。

「もう、男と女になったんだから……敬語はなしで」

そう言って、螢の耳たぶを甘噛みした。

「あうっ……いいの……いいっ」

女の声で、螢が叫ぶ。

兆司は、抜き挿しのテンポをゆるゆるとあげていく。

「ああ、ああっ、すごいっ、きついのっ」

愉悦で下りていた子宮口を連打され、螢の声も大きくなる。肉棒で螢が快感を得ているように、兆司もまた痺れるような悦楽を覚える。

（締まりが……すごいな……）

食いしめと言っていいほどのきつい締まりで、螢は兆司をもてなしている。

さっきのフェラで一回出していれば、もう少し持ちこたえられそうだが、このままでは、早くもイッてしまいそうだ。

「くうっ、さっきイッたのに、また……」

螢が身を震わせる。

「俺も、イキそうです……あなたがよすぎて……」

兆司は正直に打ち明けた。

「じゃあ、一緒にイキましょう」

螢が目を細めて兆司を見た。

兆司はうなずき、欲望に身を任せた。

パチュ、パチュ、グチュ、チュッ！

音が弾け、愛液が飛び散る。紺色のワンピースに、白い本気汁がつく。

眺めも音も、匂いも、そして螢の肉体も、すべてがいやらしい。

膣肉がさらにきつく締まり、肉棒の動きが鈍くなるほどだ。

「強いの、強いから、もう、私っ」

螢が背中に爪を立てた。

シャツ越しでも少し痛いほどだ。裸であれば、背中に爪の痕《あと》がついていただろう。快感の強さを表すように、女壺のうねりも凄まじい。

「イキましょう、一緒にっ」

兆司は射精に向けて、ラッシュを繰り出した。

「あう、ううっ、もう……い、イクううっ」

螢が肢体を波打たせた。

肉壁の締まりが極上のものとなり、兆司の決壊を誘う。

「俺も……」

「中に……ください っ」

螢が濡れた唇を開いた。

「わかりました……お、おおおっ」

兆司は螢に許され、己を解き放った。

肉棒は女壷で跳ね、ドクドクと脈打ちながら吐精した。

「兆司さん……好きっ。ああ、中がいっぱいになるっ」

螢が兆司の顔に手を添え、引きよせる。

兆司は放出しながら、螢に口づけた。

「あなたの中も、すごくいい」

唇を離し、兆司は額をつけて告げた。

「好きな人に抱かれるのって、こんなに気持ちいいんですね……」

螢がゾクッとするような瞳で兆司を見つめていた。

「もう終わり……じゃないですよね」

「まさか」

兆司は仏壇にチラリと目をやった。

亡妻の仏壇の前で交わるなんて、罰あたりだと思う。

しかし、いけないことだと思うからか、欲望がたぎってくる。

「兆司さん……」

蜜壺の中で、ペニスが息を吹き返すのを感じ、螢が目をまるくしている。

「こんどは、裸を見せて……」

その言葉に、螢がうなずいた。

兆司との結合を解き、背中を向ける。兆司はワンピースのジッパーを下ろした。

紺のワンピースがふたつに分かれ、雪のような肌が露になる。

ブラジャーはショーツとそろいの白だ。

兆司はそのホックをはずした。

螢が立ちあがると、ワンピースが脱げ、ブラジャーも足下に落ちる。

そして、螢は兆司を向いた。

「きれいだ」

ボリュームのあるバストに、引きしまったウエストとすらりとした長い足が美しい。

まばゆい肢体だった。

兆司も急いで全裸になり、立ちあがる。

「素敵な体……」

螢が兆司の胸板に触れた。

白い指が胸を撫で、それから顔を近づけて赤い舌で乳首を舐めた。

そうしながら、反り返ったペニスを扱いた。

「おう……」

プレイのひとつひとつに、螢が過去に体験したことが刻まれている。

男に慣れている――。

そう思う。だが、どんな過去か聞く必要はないだろう。

知られたくない過去のひとつやふたつ、誰だってある。

一カ月、ともに寝起きし、ともに働いた。

それですべてがわかるわけではないが――客商売のおかげで、人を見る目がついた。螢は大丈夫だという確信がある。

「そんなふうにされたら、すぐにハメたくなるな」

兆司は螢の腰を抱いて、仏壇の脇の壁に押しつけた。

左の太股を持ちあげ、肉裂を開く。

クチャと開いた陰唇からは、粘り気のある白濁液が滴った。

そこに肉筒をあてがうと、兆司は腰をせりあげた。

「あうっ……立ったままなんてっ」

螢が声をあげる。それには、とまどいがにじんでいた。

正常位と違い、立位だと蜜肉が狭まり、男が味わう快感が強くなる。

裏スジで肉壁を擦る快感で、背中にぶわっと汗が浮いた。

「いいですよ、螢さん……オマ×コが締まってる」

螢を壁に押しつけ、兆司は体を密着させている。

「恥ずかしいです、この姿勢……」

そう言いながらも、腰は卑猥にうねっている。

突きあげられる快感で、声がうわずっていた。

「恥ずかしいから、気持ちいいんでしょう」

つなぎ目から溢れた愛液が、兆司の太股を濡らす。

雄雌の交合汁の匂いと、線香の匂いが混じり合う。

勢いから、仏壇の真横で交わってしまったことに、いまさら気づく。

しかし、もう止まれない。

(結子、本当にすまん)

兆司は螢のもう片足を持ちあげ、ペニスと壁で螢を支える体位をとった。

「あんんっ、すごいのっ」

螢が目を潤ませて叫んだ。

この体位をしたら、結子はあたりをはばからず声をあげたものだ。

そんな大きな声を出したら、みんなに聞こえるぞ、と言っても、あの楚々とした結子が喘ぎまくった。

悪い亭主だ、許してくれと、死んだ女房に詫びつつも、亡き妻をよがり泣かせた体位で螢を突きあげることを止められない。

「くうう、あんっ」

密着した螢の乳房が、兆司の胸板で上下に揺れている。

興奮のあまり、乳首はキリッととがり、肌を心地よくくすぐる。

ボフッ、グチュ、ブチュッと、重みのある音が結合部からした。

兆司の足の甲に、熱い飛沫《しぶき》が降りそそぐ。

先ほど中に出した欲望液なのか、螢の蜜汁なのかわからない。

ひたすらに飛沫は、いやらしい匂いを放った。

線香の匂いをかき消すほどに、交合のアロマは強い。

「いい、兆司さん、奥が押しあげられて、いいっ」

螢が兆司の首に手をまわした。

兆司は螢の丸尻に手を食いこませ、グイグイと突きあげる。

「やんっ、奥に太いのが来てるっ」

吐息が荒くなり、螢の総身は汗にまみれている。

ラグビー部で鍛えた足腰は、いまだ衰えていない。女を抱えて律動しても、スタミナは切れない。

「このままだと、もうイキますっ」

螢が泣きそうな顔で兆司を見る。

「何度でもイッてください」

「やん、私だけなんて……あ、あああっ」

兆司が腰のふりを強めると、螢は言葉を紡げなくなった。

激しい上下動で、双乳が音をたてて揺れる。

快感から逃れるように腰をふっても、それは螢の愉悦の火に油を注ぐ行為だった。総身を快楽に包まれ、螢の相貌が汗で濡れる。

「中が蕩けちゃうっ。こんなに熱いので突かれたら、溶けるの、ダメなのっ」

螢がハァハァと肩で息をしながら、兆司に助けを求めた。

「ダメと言われても、ずっとしたかったぶん、しないと止まれないんですよ」

兆司はこめかみから汗を滴らせながら、螢に囁く。

「そんなに一気にしなくても、ゆっくり、たくさんすれば……あっ、あんんっ」

快感に悶《もだ》える螢のうしろの窄まりに兆司は指を這わせた。

無防備になっていたそこをくすぐられ、螢は顔を左右にふった。

「いや？」

「い、いやじゃないのっ……ああ、エッチだってバレちゃうっ」

泣きそうな顔で、螢が呟いた。アヌスでの悦楽を知らないわけではないことを、探られたのが恥ずかしいようだ。

「俺もスケベです。スケベなふたりだったら、相性がいいじゃないですか」

淫らな体位で繋がっているのに、ここに来て恥じらう螢が愛らしい。

媚肉の悦楽に、陥落寸前だったペニスが力をとり戻した。

射精まで、もう少し間がありそうだ。

(もっと螢さんを感じさせたい)

兆司は肉棒で螢の蜜壺を隅々まで探りたい。

どこをつければ感じ、どう腰をまわせば喘ぎ、どのテンポで抜き挿しをすればいちばん感じるかを知りたい。

そして、次に交わるときに活《い》かしたい。

「兆司さんのいじわる……」

螢が涙声で言ったので、兆司は驚いた。

「何か、ひどいことをしましたか、俺」

目の前にある螢の顔をじっと見た。

螢の顔がくしゃっとなる。

「こんなにおかしくなるまで感じさせるなんて、いじわるすぎます」

泣き笑いで、螢が言う。

「俺だっておかしくなりそうです」

兆司は上下動のテンポをあげる。

「あっ、あっ、あっ、あっ」

突きあげが速くなると、螢の喘ぎ声が単音節のものになった。
子宮口の柔らかさが亀頭を刺激し、射精欲をくすぐる。
兆司は背中に汗をみっしり浮かべながら、愛《いと》しい女を突きつづけた。
「いい、いい……ああううっ」
螢がせつなげに喘いだ。
また太股が震えている。絶頂間近なのだ。
兆司もまた、背すじから足まで震えが走っている。
脈打つペニスが、吐精したいと告げていた。
「イクッ……もうイクのっ」
螢が兆司の首を強く抱いた。
兆司はかかとをあげて、突きの勢いを強くした。
ふたりが交わる真横にある仏壇からカタカタと音が鳴る。
目のはしに、揺れる位牌が入った。
「くううっ……強すぎて……イクッ」
螢の肉巾着がギュッと締まった。
四方から柔肉で締められる快感で、兆司の我慢の糸が切れた。

「俺もイキますッ」

兆司はグイッと強く腰を繰り出して、動きを止めた。

ドッ、ドドドッ！ ドクッ！

勢いある飛沫が、女壺を染めあげる。

「くう……」

螢が瞼をヒクヒクさせながら、余韻に浸っている。

足下で、カタッと音がした。

兆司が目をやると、交合の激しさで、仏壇にあった結子の位牌が落ちていた。

第六章　帰る場所

1

「尾形さん、いらっしゃい」

螢が声をかけると、尾形がうなずいた。

雪を外で落としてきたらしいが、ダウンジャケットの肩にまだついていた。

今年の冬は、例年になく雪が多い。夕方すぎから、またボタン雪が降っていた。

尾形は、ダウンをハンガーにかけて、カウンターについた。

カウンターには、森、秀樹、俊則といったいつもの面々が座っている。

秀樹以外は、酔いがまわって赤ら顔だ。

「熱しぼで」

「外は冷えてますものね。どうぞ」

螢があたたかいおしぼりを尾形に手渡した。

「ごっこのバター焼きと天狗山《てんぐやま》、熱燗でお願い」

ごっこはホテイウオと呼ばれる魚だ。黒いまるまるとした体に、ぬるぬるした表皮。見かけはお世辞にもいいとは言えないが、肉はコラーゲンがたっぷりで、寒い季節に汁物にするといい。函館では、昆布でとった出汁《だし》に、下ごしらえをしてぶつ切りにした身と卵を入れ、ごっこ汁にするのが一般的だ。居酒屋銀ではごっこ汁も出しているが、さばいて干したごっこをバター焼きにもしている。

「しばれてますものね。熱燗であたたまってください」

カウンター内で熱燗をつける螢が、尾形に声をかけた。

「それに雪も多い。歩きにくいよ、まったく」

おしぼりで手をぬくめるように、尾形が手を拭いた。

「おかげで、こいつの会社は調子いいんですよ」

「だろうな」

俊則がそう言って秀樹の肩をたたくと、尾形がうなずいた。

道内の土建会社は、自治体と契約してブルドーザーを使った除雪作業についている。それで工事の少ない冬の稼ぎをまかなっていた。しかし、年々降雪量が減り、出動要請が少なくなるので撤退したり、売上減少により、体力がもたずに倒産した会社も少なくない。

秀樹の会社は撤退せずにいたので、今年は大きく稼げたようだ。

「今日も仮眠したら、出番ですよ」

目の下にくまを作った秀樹が、大あくびをした。

稼げるのはいいが、倒産した会社のぶんも出動することになり、秀樹は連日ブルドーザーをかって除雪作業にあたっている。

とうぜん、寝不足だ。

「稼げるうちに稼いでおけよ」

「まあ、そうなんですけど。螢さん、おあいそ」

秀樹が立ちあがる。

螢がカウンターに入って、三カ月が経っていた。

それで、常連たちはふたりの仲がどうなかったかを察したらしい。

そのことで冷やかす客がいないので、ふたりとも拍子抜けしたくらいだ。

カウンターをひとりで仕切らなくなってよくなり、兆司もだいぶ楽になった。

螢が秀樹を見送り、カウンターを拭いていると、

「ごっこ汁ふたつ、出前お願い」

引き戸が開いて、なおみが声をかけた。

「なおみさん、寒いのに。お電話くだされば行きましたよ」

螢が声をかける。

「いいの、いいの。私だって息抜きしたいもの。兆司さん、ハイボール一杯くれない」

「あいよ」

なおみは、先ほどまで秀樹がいた席に座った。

細長いメンソールの煙草をとり出し、火をつけようとすると、横から俊則が火をつける。

「ありがと」

なおみが俊則を見る目が柔らかい。

スナック千秋への出前は、基本的に螢が持っていくが、ひとりで持ちきれないときもある。そんなときは、フットワークの軽い俊則が手伝うようになっていた。

それから、なおみと俊則は話をするようになり、いまではいい雰囲気だ。

(浮ついた態度をとらず、普通にするといい男だからな)

俊則は気に入った女にはグイグイ行って空まわりするので恋愛に失敗しつづけ

ていたが、もとは優しくおおらかで、魅力ある男だ。

なおみは、そんな俊則が気に入ったようだ。ふたりの肩と肩が近い。

森は、そんなふたりを見ても誰に言いふらすわけでもなく、スナック千秋に通っている。

兆司が螢に目配せすると、螢も気づいたようで微笑み返した。

「はい、ハイボール」

カウンター越しに、ハイボールをなおみに手渡した。

なおみは俊則との会話に夢中になっている。

螢の電話が鳴った。メッセージの着信音だ。

「あら。美春さん、今日は雪で来られないって」

「この雪じゃあな」

熱燗を口に運びながら、尾形が言った。

「ええっ。美春ちゃんのカレシ、お披露目また延期なの」

なおみは残念そうだ。

美春は大学のゼミで一緒だった学生とつき合っている。

そのカレシを連れてくるという話だったが、雪でのびのびになっていた。

（理由は雪だけかな）
と、兆司はチラッと思う。
雪の夜、若い男女がふたりきりになってすることと言えば――。
腰が熱くなりそうなので、それ以上考えるのはやめた。
熱したフライパンにバターを入れ、一夜干しにしたぶつ切りのごっこを炒《いた》める。
ゼラチン質の肉を崩さないように、フライパンを揺すって火を通す。
仕上げに醤油《しょうゆ》を少しまわしかけると、焦がし醤油の匂いが広がった。
器に盛り、尾形に出す。
「ごっこ汁もいいけど、俺はこれが好きなんだよ」
器を受けとり、尾形が顔をほころばせた。
兆司が螢を探していたとき、それとなくアドバイスをくれた尾形に礼をいうと、
「おまえが俺のためにうまい魚料理を出してくれればそれでいい」
と言った。
ふだんコワモテでも、大好きな魚料理を前にすると顔がゆるむ。
これが尾形にとっての幸せなのだろう。
「螢さんが買ってきた酒は、どんな料理にでも合うからいいよねえ」

森が横から口を出した。

「ですね」

日本酒好きの尾形と森は、酒の話をするようになっていた。

「ああ、そうだ。今度、小樽に行くんだってね。例の酒蔵かい」

森が兆司にたずねた。

「ええ。お休みをいただいて旅行に。ちょうどしこみの時期なので、酒造りをじっくり見学してこようと思ってます」

日帰りで行ける距離だが、試飲すると帰りが面倒だ。

そこで螢とともに、旅館に泊まることにしたのだ。

「へえ。いいじゃないの。私も行きたいわあ、旅行に」

と、なおみがぼやく。

「お休みの日に、友達と行ったらいいじゃないですか」

俊則がなおみに言った。

俊則となおみ以外の全員が、目を伏せて笑いを嚙み殺す。

なおみは俊則に連れていってほしいと遠まわしに言っているのだが、その本人が気づいていない。

（このふたりがうまくいくまでは、もう少しかかりそうだな）

なおみが口をへの字にした理由がわからず、目を白黒させている俊則を見て、兆司はそう思った。

2

「兆司さん、見てください。いい眺め」

螢が窓を開けて、声をあげた。

障子を開けると、小樽の運河が目の前にある。

運河の向こうには、瓦屋根《かわらやね》に雪化粧をした旧小樽倉庫が見える。

「眺めで選んだんですよ」

「うれしいです」

旅館について、ひと風呂浴びた螢は、浴衣に着がえていた。

浴衣の上に羽織を着て、長い髪をアップにしている。

すっきりしたあごから首すじのラインが色っぽくて、兆司は体を熱くした。

「小樽、好きなんですね」

兆司は螢が淹れた茶を飲んだ。

まだ夕方だ。

時間はたっぷりあるのだから、焦らずともよい。

兆司は螢を抱きたくなる気持ちをそらすため、話題を変えた。

「昔、遠足で来てから、ずっと好きで……」

螢が過去を話すのは、はじめてだ。

「小学校のころ、小樽に遠足に来たんです。楽しかった最後の時期だったからか、小樽にいい印象があるんですよね」

整った横顔に、憂いが浮かんだ。

「実家は札幌にあります。高校まで札幌で、そのあとは東京。いろいろあって、大学に行けなくなって、キャバクラで働いて……夜の仕事でがんばるのに疲れて、内地から戻ったんです。実家に戻りたいけど、キャバやっていたって聞いたら、父が怒っちゃって、帰れないままです。キャバクラで働くことになったのも、父のせいなのに」

螢が降り積もる雪を見つめたまま言った。

内地から道内に戻ったはいいが、実家に戻るふんぎりがつかず、函館にいたのだろう。

「函館について、実家に電話したんです。でも、帰るなと怒鳴られました。水商売やっていた娘なんて恥ずかしいって。だからもう実家のことは忘れて、どこか新しい場所をふるさとにしようって思ったんです。でも、どこに行ったらいいかわからなくて……心を落ちつけようと思って入ったのが、居酒屋銀でした」

螢が兆司を見た。

「はじめて入ったお店なのに、実家よりも懐かしくって、居心地がいい場所で驚きました。だから働きたくなって、ずうずうしくお願いしたんです」

「俺のところを実家だと思って過ごせばいい」

兆司は窓ぎわにいる螢を、うしろから抱きしめた。

「いいですか」

螢がふり返り、兆司を見つめた。

「ダメだったら一緒に暮らさないし、旅行にも出かけないですよ」

柔肌の匂いを嗅いだら、もう抑えが利かなかった。

兆司の股間が盛りあがり、浴衣越しに螢のヒップにあたる。

「兆司さん……まだ明るいのに……」

「明るいうちにしたこと、なかったですよね」

兆司が螢の首すじを舌先で舐めた。

三カ月、ほぼ毎日、螢を抱いている。

おかげで、首すじが性感帯だと探りあてた。

「あっ、障子を閉めましょう。外から見られちゃう……」

「雪が覆ってくれるでしょう。それに風情もある」

螢の浴衣の胸もとをつかんで、左右に広げた。

雪に負けないほど白い双乳がこぼれ出る。

先端のワイン色の乳首は、芯が通ってツンと立っていた。

「窓ぎわでエッチしたら、外からまる見えですよ。だから……」

「見られませんよ……」

兆司は背後から柔らかな肉丘を揉んだ。乳房を下から上へと押しあげるようにして、それから円を描くように手を動かした。

もし運河側に双眼鏡を持った誰かがいれば、見られるかもしれない。

そのスリルがふたりを熱くさせた。

(見られると思って、興奮している)

ペニスは反り返り、ドクドクと脈打っている。

トランクスの前には、先走り汁で染みができていた。

「兆司さん、横になってしまいましょう、ねっ、ねっ……」

螢の声がうわずる。恥ずかしさから体をくねらせるのだが、そのせいで浴衣は乱れ、白い肩がむき出しになっている。

兆司は肩にキスをしながら、窓を向いたまま、螢の乳房をもてあそぶ。

「螢さん、俺の人さし指を咥えて……」

乳房を愛撫しながら、人さし指を伸ばした。恥ずかしがりながらも、淫欲に火がついた螢は、言われるがまま指をチュパッチュパッと吸った。

兆司は螢の唾液がついた指で、螢の乳首をくすぐる。

「あんっ」

螢が唇を嚙んだ。

濡れた指先は少し冷たく感じる。それで熱くなった乳首を愛撫され、螢は強く反応した。

「螢さん、障子の桟に手を置いて」

螢はふるふると首をふったが、欲望には抗えず、桟に手をかけた。

兆司は螢の尻をグイッと抱きよせて、突き出させた。

それから、浴衣の裾をまくりあげる。

ラベンダー色のショーツに包まれたたわわな双臀が、目の前にある。

「おっぱいだけでも、しまわせてください……」

「小樽が好きなんでしょう。運河を眺めていてください」

螢は恥ずかしさから、肌を朱色に染めていた。

白い尻がみるみるうちに桃尻になってくる。兆司は、それを包んでいたショーツを脱がせた。

「ああ……もうズブ濡れですよ」

「やんっ……」

螢が顔をうつむける。

桃尻の中央、女の秘花は淫らに咲いていた。とろとろの蜜は脱がせたショーツと糸で繋がるほど粘り気がある。兆司の鼻を、嗅ぎなれた発酵臭がくすぐった。

兆司は愛しい女の秘花に舌を押しつけた。

「あうっ……」

レロッ、レロッといやらしい音をたててしゃぶる。

それが、やがて水遊びのような音に変わった。

愛液が兆司の舌を伝い、唇が、そしてあごが濡れていく。

「そんなに舐められたらっ、あっ、んんっ」

螢は喘ぎ声を呑みこんだ。

仕事のあと、部屋で交わるとき、螢は声を抑えていた。

——だって、奥様に聞かれちゃうから。

螢は結子への敬意を常に持っている。だから愛を交わすときも、声を控えられるときは我慢しているようだった。

その心づかいはうれしい。

しかし男として兆司は、螢をもっと喘がせたい。

「ここは家じゃないんですよ。もっと声、出してください」

兆司は螢の蜜肉に指をズニュリと挿れた。

「ひっ……ううっ」

桃尻に汗が浮く。兆司は指を抜き挿しさせる。

指をめぐらせ、螢の快感のポイントを探った。

「あうっ……そこ……」

Ｇスポットを探りあてた。そこに指の腹をあて、擦る。チュプ、ニュッ、チュプッと泡立つような音をたてながら、秘花は蜜をこぼしていた。

「螢……」

兆司が声をかけると、螢がふり向いた。

自然と唇が重なり、唾液と兆司の唇についた愛液の交換が始まる。

上でクチュクチュと濃厚なキスをしながら、指ではねんごろに蜜壺をかきまぜていた。

「あふっ、ふうっ……」

螢の腰が揺れる。

浴衣からこぼれた乳房も、タプタプと音をたてて左右に揺れていた。

その乳首を空いているほうの手で摘まむ。

「むうう……」

喉をさらして、螢が背を震わせた。

（もう、イッてる……）

口づけながら、兆司は興奮していた。

ふだんのセックスよりも感じている。場所が興奮させているのか、誰かに見られるかもしれないというシチューエーションが興奮させているのか。

それは兆司もだった。

ペニスは、もう辛抱できないと言わんばかりにトランクスから顔を出している。

兆司は愛撫の手を止め、トランクスを脱いだ。

そして、浴衣の裾を開いて腰を下ろす。

床に膝を立てて座った。欲望は激しく、支えがなくとも、ペニスはうわむきになったままだ。

「あん……」

それを見た螢が、物欲しそうな声をあげた。

潤んだ目は兆司のペニスに釘づけだ。

「おいで」

兆司が手を伸ばす。螢は向かい合って繋がろうとしたが、兆司が窓を向かせた。

「えっ、このままは……」

窓の外を見ながらセックスするのは、さすがに恥ずかしいのだろう。

螢は耳まで真っ赤にしている。

そして、ためらいを表すように、桃尻は宙で止まっていた。

兆司はその尻を抱えて、己のペニスをあてがった。

「兆司さんっ、ダメ、恥ずかしい……あううっ」

ズブリッと、肉裂が男根で貫かれた。

恥ずかしがっていても、内奥はトロトロに蕩けている。

ゼリーのように柔らかな襞肉が、羞恥というアクセントのおかげで、さらに甘美な動きを見せている。

（おお……別の生きもののようだ……）

繋がっただけで、背中から首すじまで鳥肌が走る。それほどの快感を、螢の秘肉はもたらしていた。

「ほら、小樽の雪景色を眺めましょう」

兆司は座位で繋がった螢を下から突きあげながら囁いた。

グチュ、チュッと蜜の音が和室に響く。

「あふ、ふっ、眺めるなんて、無理っ」

螢は指を噛んで喘ぎ声をこらえながら、上下に揺れていた。

律動するたびに、アップにしていた髪がほつれ、後れ毛が首すじや頬にかかっていく。恥じらいながら淫欲に染まるその横顔を、ほつれ髪が妖《あや》しく彩っていた。

「窓の外を見ながらだと、感じるんでしょう。オマ×コがそう言ってますよ」

兆司は螢が嚙んでいた指をつかんで放した。

そして、上下動のリズムをあげていく。

「あっ、あっ、あっ、あっ……」

浴衣がはだけて、いまは肩から乳房までむき出しになっている。

ピストンで揺れる乳房はタプタプと音をたて、いやらしい色に染まった乳首は、キリキリと音がしそうなほど勃っていた。

(俺もこの状況に酔っているのか)

螢の凄艶な姿を見て、兆司もひどく興奮している。

ペニスは弓のように反り、カリの先が螢の膣肉を絶え間なくくすぐっている。

「ほら、気持ちがいいなら、声を聞かせて」

最初に交わったときは、螢も声をこらえる余裕がなく、大いに喘ぎ声をあげた。

だが、喘ぎ声をあげたのはあのときぐらいだ。

愛する女の喘ぎ声を聞きたい。

兆司が旅行に誘ったのは、それも理由だった。

「いや、恥ずかしいっ」

螢が顔を左右にふる。その恥じらいがかわいらしく、そして男の欲望をそそる。

兆司は、つなぎ目の上にある陰核を指でくすぐった。

「あおお……いいっ」

螢がのけぞり、乳先を震わせた。

兆司はたまらず背後から片乳を揉んだ。コリッとした乳首をくすぐり、乳首と陰核の二カ所を責める。

「くうう……兆司さん、そんなにエッチにしないでっ、ひっ、ひっ」

螢の声が大きくなっていた。

兆司は、おさねに触れるか触れないかのタッチで指を左右にふる。

そして、乳首をつつきながら律動の振幅を大きくした。

「あん、あんっ、声が、我慢できないっ」

外から見られるかもしれないというスリルを味わいながら、あられもない姿になる恥ずかしさと、ピストンがもたらす快感で螢の自制心は焼ききれたようだ。

「ひっ……いい、いいっ、いいのっ」

螢も腰をふっていた。

最初は恥じらっていたはずの螢が、欲望には抗えなかったらしく、いまでは自分で乳房を揉みしだいている。

(場所を変えただけで、こんなにもいやらしくなるのか)

旅行の効果を感じて、兆司の男根への血流が増した。

窓の外では雪の勢いが強くなり、景色が白くかすむほどだ。

これで外から見られるおそれは少なくなった。

(だったら)

兆司は螢と繋がったまま立ちあがった。

「あうううっ……それっ……ああああんんっ」

子宮口に亀頭が食いこみ、螢が叫んだ。

体を支えるため、螢はガラス窓に手をついて、兆司からバックで突かれている。

バスッバスッと重い音をたてて、腰がぶつかり合う。

螢の豊乳が律動のたびに前後に揺れた。

「見られちゃうの。窓ぎわでなんて、ダメ、ダメッ」

激しく乱れる螢は、浴衣がはだけて、背中まで見えていた。

その背中に、玉の汗が光っている。

桃尻に腰がぶつかるたび、柔肉がたわむのもいやらしい。

(なんて乱れかただ)

肉巾着の締まりはきつくなり、男の吐精を誘う。

口では恥ずかしがりながら、秘所では淫らな動きをするギャップが兆司の欲望をたきつける。

パンパンッと音が部屋にこだまするほど、激しい律動を繰り出した。

「お、おお、もうもたないっ、こっちもイク、イクッ」

グイッと腰を突き出したところで、兆司は決壊した。

「ああ、来て……兆司さんっ、私、運河を見ながら……イクーッ」

螢が背をくねらせてから、ガクンと動きを止めた。

「熱いのが……あああんっ、いいっ」

兆司はドクンドクンと脈打つペニスから、螢の中に激情を注ぎこんだ。

3

「いいお食事でしたね」

兆司はうなずいた。

部屋食で出された料理は、素材の魅力を活かす工夫と技量が随所にあり、目でも舌でも楽しめた。料理人としても勉強になる、いい食事だった。

「でも……部屋食、ちょっと恥ずかしかったです」

小樽の地酒を熱燗で飲みながら、螢がちょっとすねる。

夕方の情事で、螢は愛液で浴衣を濡らしてしまった。

フロントに電話をかけ、替えの浴衣を仲居に持ってきてもらったのだが、そのとき、部屋にはまだ情事のにおいが残っていたはずだ。

食事の給仕も同じ仲居だった。そしらぬ顔で料理を運んでくれたが、仲居が来るたび、螢は頬を染めていた。

「落ちついて食べられたし、ふたりっきりでよかったじゃないですか」

もう、布団がのべられていた。

ぴったり合わせられたふた組の布団の枕もとには和風のライトが置いてある。

座卓に向かい合って座るふたりは、食後の酒を楽しんでいた。

兆司は緊張を紛らわすべく、杯を重ねている。

「兆司さんがいじわるするんだもの。知らない」

螢がくいっと杯を傾けた。

「障子を開けてエッチなことしたの、まだ怒ってるんですか。感じてたのに」

兆司に本当のことを言われ、螢が真っ赤になった。

軽口をたたいているが、兆司の鼓動は大きい。

これから、螢に大事な話をするのだ。

(許してくれるよな、結子)

この旅行の前、兆司は結子の実家に挨拶に行き、とある話をしてきた。

これから、その話を螢にするつもりだ。

「螢さん、出会って少ししか経っていませんが……螢さんがよければ、所帯を持ちませんか。帰る場所がないのなら、作ればいい。俺の家がそうなれたなら……俺はうれしいです」

兆司は浴衣の帯に挟んでいた指輪ケースをとり出し、開けた。

中には、シンプルな指輪が入っている。

螢が顔をあげた。杯を置いて、螢が正座する。

「……いいんですか、どこの誰ともわからないような私なのに」

「いいから、言ってるんです。そうでなければ、カウンターに入れませんよ」

螢がふっと微笑んだ。

「私に本当に帰る場所ができるんですね」

「それは……受けてくれる、ということですか」

「もちろん」

螢が左手を兆司のほうへ伸ばした。その薬指に指輪をはめる。

薬指の指輪を、螢はうれしそうに眺めている。

「今日は、初夜……になりますね」

「もう、兆司さんったら」

赤くなったまま、螢が言った。

「初夜だから……螢さんが好きそうなことをしたいと思いまして」

兆司はアナルセックス用ローションを鞄からとり出し、枕もとに置いた。

それを見た螢が、あっという顔をする。

兆司は布団に移動し、掛布団をめくると、そこに横たわった。

「おいで」

「はい」

螢が兆司の腕枕に首を載せ、こちらを見つめる。

兆司は、パンツを脱いだ。螢も同じように下着を脱ぎ、枕もとに投げた。

カリ首は臍を向き、肉幹にはミミズ腫れのように血管が浮いている。

螢の細指が、兆司のペニスをくるんだ。

クチュ……チュ……。

手首がくねるたびに、先走り汁が卑猥な音をたてた。

「螢さん……お尻をこっちに向けて」

螢が兆司の意をくみ、兆司の顔にまたがって、尻を突き出した。

(おお……)

秘花が露で濡れて光り、咲きほこっていた。

濃厚な蜜汁の香りに包まれ、兆司の淫欲が燃えさかる。

兆司は枕もとに置いていたローションを螢の窄まりにかけた。

「あんっ……」

最初に体を重ねたとき、うしろの穴に触れたときの反応が気になっていた。

螢はうしろでの経験があるのではないか、そんな気がしたのだ。

そこで、アダルトショップでアナルセックス用のローションを買って、旅行鞄に忍ばせていたのだった。

「お尻、いやですか」

螢が桃尻越しにふり返り、首をふった。

「お尻でのエッチも好きだって言ったら、幻滅しますか」

兆司は螢に微笑みを返した。

「あなたの秘密を知るたび、好きになりますよ。どんなエッチな秘密でも」

そう言うやいなや、兆司は秘裂に唇をつけた。

舌でクリトリスをくすぐりながら、陰裂に指をヌプッと挿れた。

「おふ……私も負けられないですねっ。はむっ……ちゅるううっ」

螢が兆司の男根を深く咥えた。

喉奥近くまで口内でくるんで、窄めた唇で根元を刺激する。

細い指で陰嚢を優しくマッサージすることも忘れない。

「ん……」

「はうんっ、ちゅっ、ちゅっ……」

ふたりの甘い声と唾液、そして蜜汁の音が響いた。

指を抜き挿しするたびに、こってりとした本気汁が指にからみつく。

夕方の交合で燃えあがっていた体は、軽い愛撫にも強く反応していた。

（こっちも、ヒクついている……）
目の前に、ココア色の窄まりがある。
蜜肉に快感が走るたび、こちらの穴もキュンキュンと締まる。
頃合だと思い、ローションをうしろの穴に塗りひろげた。
「むう……はんっ……」
螢の吐息が熱くなった。こちらでの快楽に期待しているようだ。
兆司は指で円を描きながら、窄まりをほぐしていく。
皺《しわ》をくすぐると、やがて硬さがとれてきた。
蜜肉で抜き挿ししながら、アヌスにも指を挿れる。
最初は一本だけだ。
「くう……んんんっ」
ペニスを咥えたまま、螢が尻を左右にふった。
明らかに感じている。ヒップがしっとり汗ばんでいた。
兆司は女芯を舐めまわしながら、うしろの穴で指を抜き挿しした。
「はむうう……むうううっ」
陰裂とうしろの穴の二カ所を責められ、螢はひどく感じているようだ。

肉棒の根元に添えていないほうの手で浴衣の襟もとを開いて、自分で乳房を揉んでいる。

そうしながら、兆司の男根を強く吸引している。

(家とは違うところでセックスすると、刺激になるようだ)

酒蔵での利き酒も、旅館での料理や仲居の客あしらいも勉強になったが——今回の旅行で、いちばんの収穫は螢のこの姿だ。

(螢さんにこんなにいやらしい一面があったなんて)

三カ月、ほぼ毎日抱いていたのに、これほど淫らな姿を見せたことはなかった。

違う一面を見たせいか、兆司の熱があがる。

うしろ穴に入れた指を二本に増やし、ゆっくり抜き挿しした。

「むう……むう……」

螢は蜜肉を貫かれたときのように、腰を前後させている。

その反応に気をよくし、兆司は舌を内奥に挿入した。

そして、うしろの穴で蠢く指と舌で、肛門と膣を隔てる薄肉を挟む。

「むううう っ」

螢が男根を咥えたまま背すじを震わせた。

口内に、どろっとした愛液が注ぎこまれる。

(アヌスでイッたのか……)

こちらでのセックスもいけそうだ。

兆司は我慢できなくなった。

「螢さん、フェラはいいから、挿れさせてください」

「……私もほしくてたまらないっ」

螢がペニスから口を放し、布団の上に仰むけになった。

胸もとと裾がはだけ、帯でかろうじて着いているだけの浴衣姿は、男心をそそる淫靡なものだった。脱がせるよりも、このまま抱いたほうが楽しめそうだ。

兆司は自分の帯を解いて浴衣を脱いだ。

腰を激しく動かすこちらは、全裸のほうがいいだろう。

兆司は螢の足を開いて、蜜穴にペニスをあてがった。

「ああ……来てる……」

螢が陶然として、目を閉じた。

女壺が兆司の肉茎を肉壁でくるんでもてなした。

甘美な締まりにうっとりしながら、兆司は腰を進める。

「二回目のほうが、締まりがきつい……」

額に汗が浮く。

尻穴を愛撫した影響か、窓ぎわで羞恥プレイをしたときよりも締まっている。夕方に吐精したので我慢が利きそうだが、そうでなければあっという間にイッていただろう。

「そんなにアナルセックスが楽しみなんですか」

兆司が耳もとで囁き、耳をレロリと舐めた。

「ひゃ……い、言わせないでっ」

貝殻のような耳を珊瑚《さんご》色に染めて、螢が恥ずかしがる。

しかしその反応と、言われたとたんにキュッと締まった肉巾着の具合から、いかに期待しているかがうかがえた。

「オマ×コをエッチにヒクヒクさせてるから、わかりますよ」

兆司は螢の細腰に手を置いて律動する。

クチュ、チュ……。

蜜の音が部屋に満ちる。興奮のため、濡れが激しい。

「やんっ、そんなにヒクヒクさせて……ひっ、ひっ、気持ちいいっ」

旅先の解放感で、螢は快感への反応を素直に言葉にしていた。

律動のたびにぷるぷる揺れる白乳の先では、ワイン色の乳頭が屹立している。

兆司は体をかがめて、乳首を口に含んだ。

「はうっ……そっちも気持ちいいですっ、あんっ」

兆司は、ジュルジュルと下品な音をたてて、乳首を強く吸った。

双乳を両手で中央に寄せ、顔を左右にふると、すぐに両乳首を啜れる。

螢は乳首の感度もいい。乳房への愛撫に、汗を浮かべた肢体をくねらせる。

「あん……あんんっ」

そうとう感じているはずなのに、唇を噛んで声をこらえている。

イキそうなとき、螢はいつもこうしていた。仏壇の結子への遠慮からだ。

兆司は乳首から口を離して囁いた。

「ここなら、声を出しても聞かれないから……出して……」

「でも、声を出さないのに慣れてるから難しいです」

「いいから、聞かせてください」

兆司は体を起こし、腰を反らせた。

結合が深くなり、螢の子宮口に亀頭が食いこむ。

「くうっ」

強い結合に、螢が唇をきつく噛んだ。

兆司は声をこらえる癖を壊すべく、キリッと勃った女芯を指で挟んだ。

「あううう……そこ、ダメぇっ」

鋭い悦楽に螢がのけぞり、蜜壺がギュンと締まった。

兆司は息をつく暇を与えぬように、ピストンを勢いよく繰り出した。

「ひ、ひうっ、いい、いいっ」

螢の喘ぎ声が大きくなった。

声が耳たぶをくすぐり、兆司は気をよくした。目的が果たされて、欲望は小さくなるかと思いきや、螢の煽情《せんじょう》的な声を聞いて、欲望は燃えあがるばかりだ。

兆司は抜き挿ししながら、片手では乳房を揉みしだき、片手では陰核をくすぐりつづけた。

「はひっ、ひっ、もう、もうダメですっ」

蜜肉が四方から迫り、兆司の肉棒に食いついていた。

兆司は、クリトリスにあてた指に少しだけ力を入れた。

「あ……あひっ……イ、イクううっ」

螢が痙攣し、グイーッと弓なりになった。

大きく開いた股間はぐっしょりと濡れ、シーツの色が変わっている。

兆司は本気汁でテラテラ光る怒張を引きぬいた。

「螢さん……こっちもいいですか」

亀頭でうしろの窄まりをつつくと、脱力した螢がうっすらと目を開き、兆司を見た。淫欲に酔いしれた目は蠱惑的だ。

螢がうなずき、うつ伏せになる。

「はい……」

うつ伏せになった螢が、ヒップをあげた。

「おお……まる見えですよ」

白い双臀はなめらかで、中央にある薄茶の窄まりは楚々としている。

しかし、その下にある淫花は欲望で真っ赤に変わり、蜜汁は本気の白濁になっていた。匂いも眺めもそうとういやらしい。

兆司は枕もとにあったアナル用ローションを窄まりにかけた。

蜂蜜よりも粘度は高いが、肌に触れるとするっと伸びる。兆司はローションを塗りひろげ、窄まりをほぐしていく。

「なんて、かわいいアヌスだ」

「ああん……言わないでっ」

螢は恥ずかしいらしく、耳を真っ赤にして、枕に顔を埋めた。

表情を見られたくないようだ。

「エッチな女で、いやになりませんか」

螢が肩越しにふり返り、泣きそうな顔で呟いた。

兆司は、ローションを塗りひろげるうちに柔らかくなった窄まりの中に指を挿れた。

「はんっ」

肛肉が指を食いしめる。

締まりは蜜肉の比ではない。これに挿入したら、どれほどの快楽を味わえるか、想像するだけでペニスはギンギンだ。

「こんなにエッチでかわいい螢さんを、嫌いになるわけがないでしょう」

兆司は指でゆっくり肛肉を探った。最初は壊さないように動かしていた指が、ほぐれるにつれて大胆になってくる。

「く、いい、お尻も……いいっ」

螢も乗ってきた。指の動きに合わせて腰を左右にふっている。

兆司も我慢できなくなった。

「いきますよ」

螢の肛肉に亀頭をあてがい、圧をかける。

ぬるっと先っぽが中に入ると、肛門がギューッと絞ってきた。

(アソコとは違う締まりだ。これは気持ちがいい)

女壺や口での快感にはない鮮烈さに、兆司は呻《うめ》いた。

肛肉の圧が強く、なかなか奥に進まないが、その締まりに抗いながら、兆司はゆっくりと腰を進める。

「ああ、お尻が、兆司さんの形に変わっていくの……ああっ、ああっ」

螢が枕に顔を擦りつけながら、せつなげに喘ぐ。

兆司は桃尻に手を置いて、結合を深くした。

「くぁんっ」

根元まで男根が入ると、螢が背すじを震わせる。

つなぎ目の下にある蜜穴からは、どろっとした本気汁が垂れていた。

アヌスでも膣道同様に感じているようだ。

「お願い……普通のセックスみたいに動いて……」

いやらしい願いごとを呟かれ、兆司の腰が熱くなる。

「いいですよ……でも、こっちもお願いしていいですか。螢さん、自分でオマ×コをいじってください。もっと気持ちよくなりましょう」

兆司も、いつになく興奮していた。

こんな淫らな提案は、いままで誰にもしたことがない。

「お尻とアソコ、一緒にされるの、うれしい……」

螢が甘い声をあげた。そして耳まで赤く染めながら、細指を己の秘所にあてがい、中に挿れる。

「くううっ……」

また蜜汁の量が増え、布団が濡れる。

アヌスを貫かれながら、蜜肉からもしとどに愛液を溢れさせる螢の姿に、興奮は強くなるばかりだ。

あられもない螢の姿を見て、欲望のスイッチが入った。

「動きますよ」

兆司は根元をキリキリと絞られる快感に浸りながら、抜き挿しをはじめた。

チュ、チュ……グッチュ……。

肛門が締まるときに放つ音が淫靡だ。

肉の快感もさることながら、排泄《はいせつ》の穴で交わっている背徳感が兆司を昂《たかぶ》らせている。

「太いので、お尻がいっぱいになっちゃう……ああ、お尻もアソコもいいっ」

螢が桃尻をふった。

兆司もこれまでにない快感を味わっている。

肛道での愉悦に加えて、女壺で這う指が薄い肉壁越しに兆司の男根を刺激するのだ。肉壁越しのくすぐりに、カウパー腺液が尿道口から、ジュワワッと溢れた。

「こっちも、いい、いいですっ」

兆司がピストンの動きをダイナミックにする。

桃尻が波打つ。汗が弾け、愛液が飛び散る。

「ひ、ひっ、いい、お尻が燃えちゃうっ。いい、いいのぉっ」

螢の指の動きも激しくなる。

膣道で指が動くと裏スジが刺激され、兆司の快感もふくらむ。

「螢さん、すごくいい。あなたは、どこもかしこも最高だっ」

兆司は終局に向けたピストンを放ちながら、螢のあごをつかんで口づけた。

ふたりは唇とアヌスで繋がりながら、ともに絶頂へと向かう。

「ああ、もう、もうイク……くうっ」

螢がビクンッと大きく肩を跳ねさせた。

尻穴の締まりが強くなり——兆司は肛道へと白濁液を放った。

「あ……あああ……熱いのがお尻に来てるのっ。イッちゃうの」

螢が大きな声をあげ、達した。

樹液は何度かに分けて、肛道に注がれた。螢は尻肉をヒクつかせ、それを受けとめる。そして、布団の上に倒れこんだ。

兆司も心地よいけだるさに包まれて、螢の上で脱力した。

「重くないですか、螢さん」

「大丈夫です。兆司さんのぬくもりが気持ちいいから……」

「これからは、ずっと感じられますよ」

「うれしい、本当に」

螢が兆司にチュッとキスをした。

そして、薬指に指輪の光る左手を兆司の手にからめた。

キスされただけで、またペニスがふくらんでくる。

「やんっ、また兆司さんが大きくなってる……お尻が気持ちよくなっちゃって、またしたくなっちゃいました……ああんっ」

螢が困惑したように尻をふった。かわいらしく淫靡な姿だ。

兆司は微笑んだ。

「じゃあ、どこまでエッチになるのか見せてください。今夜は朝までつき合いますよ」

耳たぶを赤く染めながら、螢は幸せそうにうなずいた。

※この作品は「紅文庫」のために書下ろされました。

紅
beni
紅文庫

桃色《ももいろ》ちょうちん物語《ものがたり》

津村《つむら》しおり

2023年 11月 15日　第1刷発行

企画／松村由貴（大航海）
DTP／遠藤智子

編集人／田村耕士
発行人／長嶋博文
発売元／株式会社ジーウォーク
〒153-0051 東京都目黒区上目黒 1-16-8 Yファームビル6F
電話 03-6452-3118
FAX 03-6452-3110

印刷製本／中央精版印刷株式会社

ISBN978-4-86717-636-8